少年岳飞故事

阎钦敏题

主　编　邵敬春
副主编　杨　红
编　写　张怀恩
绘　图　陈京旭

中国工人出版社

图书在版编目（CIP）数据

少年岳飞故事 / 邵敬春主编；张怀恩编写；陈京旭绘图. —北京：中国工人出版社，2020.6
ISBN 978-7-5008-7417-1

Ⅰ.①少… Ⅱ.①邵… ②张… ③陈… Ⅲ.①故事—作品集—中国—当代 Ⅳ.①I247.81

中国版本图书馆CIP数据核字（2020）第091615号

少年岳飞故事

出 版 人 王娇萍
策划编辑 张爱民
责任编辑 周小彦
责任印制 黄 丽
出版发行 中国工人出版社
地 址 北京市东城区鼓楼外大街45号 邮编：100120
网 址 http://www.wp-china.com
电 话 （010）62005043（总编室） （010）62005039（印制管理中心）
（010）62379038（社科文艺分社）
发行热线 （010）82029051 62383056
经 销 各地书店
印 刷 天津中印联印务有限公司
开 本 889毫米×1194毫米 1/24
印 张 11
字 数 180千字
版 次 2020年8月第1版 2025年3月第13次印刷
定 价 58.00元

习近平总书记谈“精忠报国”

我看文学作品大都是在青少年时期，后来看得更多的是政治类书籍。记得我很小的时候，估计也就是五六岁，母亲带我去买书。当时，我母亲在中央党校工作。从中央党校到西苑的路上，有一家新华书店。我偷懒不想走路，母亲就背着我，到那儿买岳飞的小人书。当时有两个版本，一个是《岳飞传》，一套有很多本，里面有一本是《岳母刺字》；还有一个版本是专门讲精忠报国这个故事的，母亲都给我买了。买回来之后，她就给我讲精忠报国、岳母刺字的故事。我说，把字刺上去，多疼啊！我母亲说，是疼，但心里铭记住了。“精忠报国”四个字，我从那个时候一直记到现在，它也是我一生追求的目标。

讲好"少年岳飞故事"
传承"精忠报国"精神，培
育担当民族复兴大任的
时代新人。

顾秀莲
2020年12月10日

第十届全国人大常委会副委员长、中国关心下一代工作委员会主任
顾秀莲题词

序言

在中华民族生生不息的历史长河中，有许多可歌可泣的英雄人物，最令我们难以忘怀的一位就是抗金英雄岳飞。“岳母刺字”“精忠报国”的故事，《满江红》的词句、“还我河山”的豪言壮语，感染和激励着我们一代又一代人。习近平主席曾动情地说，“精忠报国”是“自己一生追求的目标”。

岳飞生在汤阴，长在内黄，出生后不久因黄河泛滥，和母亲一起乘着一个大石瓮漂到内黄县的清流村（即石瓮村），被好心的村民搭救上岸，又被邻近麒麟村一位乐善好施的王员外收留定居下来，后又拜师周侗学文习武。在那里流传着许多他青少年时期的故事，有岳飞出生后顺水漂流的“石瓮村”，有他和母亲相依为命艰苦生活的“麒麟村”，有传说中的沥泉山，有内黄县令为之镌立的“岳飞系马槐”碑，还有岳飞的恩师周侗的墓……因此，内黄县是岳飞青少年成长，也是奠定他一生戎马生涯的故乡。

为大力弘扬爱国主义精神，内黄县关心下一代工作委员会在内黄县麒麟村设立青少年爱国主义教育基地，修缮文化教育设施，并组织当地人士搜集整理岳飞青少年时期的成长故事，形成本书。故事中有他童年时期的苦难，有他少年时期的奋斗，有他为了生存的勤劳，有他为了驱赶敌人奋不顾身的英勇。这些故事多以白描素写手法，娓娓道来，不作铺垫，而且篇幅不长，既独立成章，又形成连续的脉络。其中既有历史典故，也有民间传说，虽然也有个别带着一些神话色彩，但是每个故事都有出处，事事都有来源，而且许多都与当地的地名、庙宇和历史掌故相吻合，生动地展现了岳飞青少年时期成长磨炼的历程。

习近平主席说，“青年兴则国家兴，青年强则国家强”。我们每一个家庭都希望把自己的孩子培养成国家栋梁，作为家长不能仅为孩子提供吃穿享受的物质生活，更要他们去学习岳母刺字的精神，为孩子提供强大的精神力量。关心教育下一代、弘扬爱国主义精神，是全社会的责任。我相信《少年岳飞故事》，一定能成为广大青少年了解岳飞、学习岳飞、弘扬岳飞精忠报国精神的生动读本，也希望广大青少年从少年岳飞故事中汲取到宝贵的精神力量，从小培育爱党、爱国家、爱人民的高尚情操，把自己的理想信念同祖国的前途命运，把自己的人生梦想同中华民族伟大复兴的中国梦紧密联系在一起，都能成为对社会、对国家有贡献同时实现自己人生理想的时代新人。

河南省关心下一代工作委员会副主任

目 录

CONTENTS

岳飞出世

北宋末年，相州（今安阳市）汤阴县岳家庄有一个中年汉子叫岳和，娶妻姚氏。夫妻俩已年近四十，虽然生了几个孩子，但都不幸夭折了。岳和一生勤劳节俭，父亲过世以后，他凭着自己辛勤劳动，又置买了百余亩薄田，这时已成了有几百亩田地的员外了。

岳和员外还有个同胞弟弟，叫岳睦。岳睦比哥哥小十岁，不到三十岁就儿女满堂了。岳和员外每当看到侄儿侄女跑到跟前“大爷（指伯伯）、大爷”地叫，就亲热地摸摸这个的头，拉拉那个的手，拿出钱让侄儿侄女买糖买玩具。等侄儿侄女走了，他又躲起来暗暗流泪，想想自己已头生华发，还膝下无子，百年以后，断了香火，岂不白白浪费了一世挣来的基业。

弟弟岳睦知道哥哥盼子心切，也曾劝说哥哥娶个二房，可岳和与夫人姚氏感情至深，不肯再娶。岳睦就想把自己的儿子过继给哥哥，岳和也一时拿不定主意。岳和心想，老天爷绝不辜负天下的好人，广行善事，必能感动老天爷送一个儿子给我。因此，他就在村里广济穷人，凡有困难的乡邻村人，他都乐意借钱助粮，并且绝不讨要。

眼见得又一个年下（指春节）过去了，岳和掐着指头算算自己已过了四十岁生日。在春暖花开的时候，姚氏夫人竟然已怀孕在身，到了第二年二月十五日，姚氏生了一个虎头虎脑的儿子。因为在孩子出生前，有一只玄足赤冠的金翅雕落在岳家居住的房脊上“咯吱（给子）、咯吱”连叫了好几声，岳和觉得是神鸟降世，就给儿子取名“岳飞”，并请本村先生为岳飞取字“鹏举”，谓鹏程万里之意。

水漂石瓮

北宋年间，冲出龙门的黄河，像一条被人戳瞎了眼睛的巨龙，在广袤的华北平原翻来滚去，肆虐的洪水几乎年年决口，黄河两岸的黎民百姓天天过着提心吊胆的日子。

宋徽宗崇宁二年，又是一个多雨多灾的年份。人们还没有收完麦打完场，老天爷就像得了疟疾一样，紧一阵慢一阵地下起了连阴雨。连日的大雨使本来就不安分的黄河水猛然涨高，翻滚的黄河激浪拍打着岌岌可危的堤岸，随时准备冲出堤坝，吞噬两岸的房屋和农田。

这天，虽然还在下着蒙蒙细雨，岳和员外却不顾雨天路湿，一大早就起来催促着家院和帮工赶制酒席，他要为自己的儿子岳飞过“大满月”。因为相州风俗，生孩子要有三庆，一是孩子出生五天，姥姥、妗子看外甥，为小庆；二是孩子出生十二天，要摆宴席请亲戚朋友，为中庆；三是孩子出生满一百天为大庆，当地俗称过“大满月”，又叫“百日”“百岁”，孩子的“大满月”是要大大庆贺一番的。岳和员外老来得子，心里十分高兴，儿子的“大满月”一定要办得红红火火、热热闹闹。为了喜庆，他不但下帖子请来了所有的亲朋好友，就是本村街坊和邻村熟人，也都被他请来吃酒。

在酒席上，岳和员外满面春风地挨桌向客人敬酒，街坊亲友纷纷举杯祝贺岳和员外老来得子，祝福岳飞将来福禄永长。

宴席散了，女客们少不了要到夫人房里看看岳夫人和小孩。一百天的小岳飞，方面隆鼻，浓眉大眼，在母亲姚氏的精心喂养下，白白胖胖，样子十分可爱。客人们有称赞姚氏好福气的，有赞扬小岳飞漂亮壮实的。姥姥抱着外孙子舍不得松手，大姨、妗子争着抱，姥姥把小岳飞传给大姨，大姨传给妗子，妗子传给小姑，小岳飞在女眷们的手上传来传去，被逗得咯咯直乐。在传到一位远房大姨的手上时，这位大姨刚一接过来，小岳飞就哇哇大哭起来。众人以为这位大姨捏疼了小岳飞的嫩手，想看看岳飞的小手红不红。姥姥、妗子翻来覆去地看，也没看出什么毛病。岳夫人接过小岳飞，让他吃奶也不吃，让他喝水也不喝，只是一直哭闹不休。女客们就都悄悄地走了。

到了掌灯时分，东西都收拾停当，岳和员外赶到岳夫人房间，小岳飞仍然在手抓脚挠地大哭不止。岳和员外派人请来郎中，郎中也看不出什么症状。岳和员外急得团团转。

正当岳和员外为小岳飞哭闹无可奈何的时候，一个家院跑来禀告说：

“员外，门外有一个老道求见。”

岳和员外摆摆手说：“不见，不见，没见我正忙着吗？”

一会儿，那个家院又来禀告说：“那个老道说了，你家小公子有恙，他有办法治疗。”岳和员外这才请老道进门来。

老道见了岳和员外，打个稽首说：“贫道有礼了。”

岳和员外见老道褐须银发，皓齿童颜，身着长袍，手持拂尘，是个得道的高人，忙还礼说：“得罪，得罪。”

岳和员外请老道进客厅用茶。老道说：“员外不必客气，贫道听得小公子哭闹，特前来医治，快请员外抱小公子出来。”

岳和进后堂抱来小岳飞，小岳飞还在脚蹬手刨地大声哭闹。

老道伸右手抚摸着小岳飞的头顶，附耳对正在哭闹的小岳飞说：“不孤（哭），不孤（哭），你的同朝将军已降生内黄。”然后在岳飞的后背轻轻地拍了三下，小岳飞果然不哭不闹了。老道又拿出三张黄符，一张贴在小岳飞的胸前，一张请岳和员外交给岳夫人放在身上，一张贴在院子里的一只大石瓮上，说：“请夫人抱小公子坐在大石瓮里，里面备足三天的食物，以后就无事了。”岳和员外正要再问个究竟，一转身，那老道竟飘然而去了。

岳和员外知道是仙人指路，忙按老道的指点贴好黄符，让夫人姚氏抱着小岳飞坐在大石瓮里。姚氏抱着小岳飞坐进大石瓮里后，小岳飞果然不哭了，一会儿就睡着了。

天还下着雨，岳和怕淋坏了岳飞母子，就找来一把大红伞把石瓮罩

住，小岳飞躺在母亲姚氏的腿上睡得香香甜甜。

天越来越黑，雨越下越大。到了半夜时分，只听天崩地裂般一声巨响，黄河从临近岳家庄的地方决开了一道口子。黄河水铺天盖地而来，许多人家还在睡梦中就被洪水卷走了。岳飞母子坐在巨大的石瓮里，一下子被洪水冲出了岳家庄。

冲涛及岸

岳母姚氏抱着刚满百天的岳飞坐在大石瓮里，在茫茫不见边际的洪水里漂流着。漂呀，漂呀，没头没脑的滚滚洪水把大石瓮撂起来，扔下去，冲得一起一伏，摇摇晃晃乱打转。岳母姚氏被折腾得头晕眼花，她一手紧紧搂住岳飞，一手牢牢抓住伞把，既怕恶浪掀翻大石瓮，又怕大雨淋着岳飞。

大石瓮里站不能站，躺不能躺，伸不开腿，缩不回脚。岳母姚氏两腿蜷曲得麻酥酥的，两只胳膊酸溜溜的。她提心吊胆地念叨着："老天爷呀，你救救俺娘儿俩吧！洪水呀，你要把俺娘儿俩冲到哪儿去呀？"可是，她叫天天不应，哗哗的大雨还是像天河漏了底似的，一个劲儿地往下倒；她问水水不答，洪水还是打着滚儿往上涨，掀起一股一股的恶浪，把大石瓮冲得老远。

岳母姚氏偏偏手里的雨伞，露出一条缝，她向外看了看，天空黑乎乎、阴沉沉的，大石瓮外面的水白花花、雾茫茫的，看不到边。岳母姚氏想起丈夫被洪水卷入水底，眼前娘儿俩随波逐流，越想越怕，眼泪哗哗直流，心里怦怦直跳。岳飞好像知道娘的心思，不哭也不闹，任凭风浪卷着大石瓮来回转，乖乖地躺在娘的怀抱里，安安静静地睡着。岳母看看儿子，担惊受怕的心才有点儿平静。

突然，一股狂风呼啸起来，把大石瓮掀得猛一歪，好像天空中伸下一只大手来抢岳母姚氏手里的雨伞。岳母姚氏咬着牙用力死死抓住伞把，风往上掀，岳母往下拽，一上一下地拉着。“刺啦”一声，雨伞盖被风撕破了。冷风灌进大石瓮里，豆大的雨点洒到岳飞母子身上，岳飞手脚一抖，打了个冷战，岳母慌忙俯下身子遮住儿子。

“哎呀，伞盖被风撕破了，没了遮盖，大雨会灌满石瓮的呀！怎么办呢？”岳母急得大哭起来。

岳母心里正在着急，天空中“呱呱呱”一阵叫声，风停了，雨也住了。岳母抬头一看，石瓮上空飞着一群乌鸦（民间传说的神鸟），它们头顶头，尾连尾，翅膀搭着翅膀，不飞高，也不飞远，只在大石瓮上空盘旋，像一把大伞给岳飞母子遮住了雨，挡住了风，大石瓮向哪里漂，乌鸦就跟着往哪里飞。

大石瓮在洪水的推动下，不停地漂流着，乌鸦日夜跟着大石瓮一个劲儿地飞，风吹不停，雨淋不散，一直飞到内黄县。

内黄县城西北有个清流村（今石瓮村）。这个村地势比较高，洪水从

村南滚滚流过。村里的人都在村边砍树搭门板做筏子，搭救洪水冲下来的灾民，打捞木什家具。忽见西边水面上空，有一片黑乎乎的东西，一闪一闪地向东移动，把水面遮得一片乌黑。

清流村的人不知道洪水冲来个啥东西，都顺着河边一齐向西跑去，一看，是一群数不清的黑乌鸦。乌鸦见了人，一齐“呱呱呱”地叫起来。叫一叫，飞一飞，飞一飞，叫一叫，就是不离开大石瓮。人们往乌鸦遮住的洪水里瞅瞅，只见滔滔的洪水里漂着一只大石瓮，石瓮里还传出“哇哇”的孩子哭叫声。

人们听到哭声，说：“瓮里有人，快去打捞吧！”

灾荒年，人心齐。人们扑通扑通跳进波涛汹涌的洪水里，扎着猛子踩着水，向乌鸦遮住的大石瓮游去，把大石瓮慢慢推到岸边，乌鸦也跟着飞到岸边，还是“呱呱呱”地叫着、飞着。

风停了，雨住了，天空的云缝里透出一丝阳光。人们把大石瓮抬上岸，从石瓮里救出岳飞母子俩，乌鸦才叫着飞往南边去了。

清流村漂来个大石瓮的消息很快传开了。人们都说这是件奇事。岳飞母子坐大石瓮漂了几天几夜，那么重的大石瓮沉不到水里，那么多的乌鸦围着大石瓮飞，真神奇呀！

后来，为纪念岳飞母子坐石瓮漂流到这里，人们就把清流村改名为“石瓮村”，把打捞岳飞母子的地方叫“冲涛及岸处”。至今，石瓮村头还存有“冲涛及岸处”遗址。

客居麒麟村

大名府内黄县麒麟村，东临御河，背靠清水，离村不远还有一座沥泉山。这个小村庄风景秀丽，林茂粮丰，户户丰衣足食，人人衣鲜光亮。麒麟村原名叫三截村，村东住着一个叫王明的王员外，中间住着一个叫张祥的张员外，西头住着一个叫汤万的汤员外。村东的王员外家养了十头牲口。当时，他家套车、犁地都是三头牲口一犋，十头牲口只能套九头，每次下地干活都得留一头在家。可是，有一头母牛每次都套不上。掌鞭的伙计从两头牵牲口，那头牛正好在中间；从中间牵，那头牛又站在了旁边。有一次，三个掌鞭的一商量，把那头母牛绑到仨牲口的一边，硬拉到地里。可是，那头牛到地里没一会儿，就卧在地上生了一个怪物。那个怪物头上长着尖尖的长角，嘴上长着长长的胡须，像个龙头；身上长满了鱼鳞似的金甲，像一匹穿着铠甲的马；尾巴长长的，又像一条蛇。

这个怪物生下来就会跑，东蹿西跳，又蹦又叫。怪物不吃奶，也不吃草，见到犁地的铁犁铧，铁犁弯钩，竟“咯吱、咯吱”地啃着吃起来。三个掌鞭的见了十分害怕，说：“这个怪物才一点点大，就能啃吃铁犁铧，长大了还不把人吃了，不如趁它还小打死算了。”三个人一商量，就操起二木杆，几下就把那个怪物打死了。

过了几天，县长陪着朝廷派的天官来到三截村，据朝廷里的天官说，内黄县降生了一只麒麟，麒麟是千年不遇的神兽，象征祥瑞，是国家的宝贝，要把这宝贝带到皇宫献给皇上。可是他们到了三截村一看，麒麟竟被不知事的庄客打死了。朝廷里的天官说：“你们村生了麒麟，以后必定会遇到大福大贵之人。可惜麒麟被打死了，这位大贵人……”天官说罢叹口气回去了。

为了记取这件事情，三位员外一商量，就把三截村改名为麒麟村了。

不久，黄河发大水，岳飞被母亲姚氏抱着坐在石瓮里顺水漂来，王明指挥庄客在大水中捞取杂物。一会儿，他见上游漂来一个像小船一样的物件，上面盘旋着一群呱呱叫的乌鸦。庄客们还以为是什么宝贝，争着下到水里去捞，可打捞上来一看，原来是一只巨大的石瓮，石瓮里面坐着一个妇人和一个孩子。

岳飞母子刚被救上来时，岳母姚氏因惊吓和饥饿已昏了过去，可小岳飞却因有母亲的乳汁喂养，不但不害怕，见了人还咧着嘴直笑。村里人见了，纷纷说道：“这母子俩大难不死，来时还有一群乌鸦护送，以后必定是大福大贵的人。”

王明让庄客救醒了岳母姚氏，岳母姚氏说了坐石瓮漂流的经过，王明觉得岳飞母子怪可怜的，就让人通知夫人，让岳飞母子住到自己家。

后来，洪水退了，王明员外派一名精明能干的庄客，去汤阴县岳家庄寻找岳和员外及其他的亲人。到了岳家庄，那里竟成了一洼大泽，田地房屋全都没了踪影。找人询问岳和员外的下落，更是无人知晓。庄客回来向岳飞的母亲姚氏说了寻人的经过，岳母姚氏认为丈夫一定是被大水冲走淹死了，想想以后孤儿寡母无人照看，不禁大哭起来。

王明夫妇见此情景，也很难过。王夫人是个慈悲心肠，几天里又与岳母相处得像亲姐妹一样，就求王员外收留岳飞母子在庄上住下。王明员外也早有此意，遂腾出两间草屋，又从家里搬来了许多桌凳床柜之类的家用器具，送来了柴米油盐等生活用品。后来，王明员外又从近处划出两亩肥田让他们租种。由于岳家庄岳家的田地房屋都被洪水冲坏了，岳和员外又不知下落，岳母姚氏便听从王员外夫妇的意见，暂时在麒麟村住了下来。谁知，这一住就是十几年。岳飞从一个襁褓中的孩子，成长为一位少年英雄，在这里结识了一大群保家卫国的英雄好汉，闯出了一番轰轰烈烈的大事业。

岳母训子

岳母姚氏带着幼小的岳飞客居在麒麟村。姚氏是一个心灵手巧的勤快人，除了种地外，还时常给人缝补衣裳挣几个钱，再加上王员外一家的接济照料，日子虽然艰难，但生活也勉强过得去。

一转眼，岳飞已长到六七岁了。穷人家的孩子早懂事。岳飞是个孝子，他见母亲每天天不亮就起来做事，晚上很晚还坐在油灯下缝补衣裳，母亲太累了。为了帮母亲做事，每天早上母亲起来，岳飞也赶紧起床，扛上小背篓到野外打柴。时间长了，房前屋后都堆满了干柴。

岳飞从小就很有力气，有时候也很淘气，喜欢与别的孩子摔跤打架，村里的孩子没有一个打得过岳飞。有的小孩子被岳飞打疼了，就哭着跑到岳飞母亲姚氏那里去告状。姚氏为此没少数落岳飞。

一次，岳飞打柴回来，在沥泉山下，一群孩子拦住了岳飞，领头的叫牛四，是三里五村的打架大王，长得五大三粗，很有一股蛮力。牛四站在路中央，比岳飞足足高过一头。他两腿一叉，说："听说你很会打架，今天咱俩比比。"

岳飞不理他，低着头往前走。

牛四大怒，伸手从背后抓住岳飞背的柴火，使劲一拽，柴火散了一地。旁边看热闹的孩子乱起哄。岳飞低头捡拾被拽散的柴火，牛四踩住不让捡。

岳飞攥紧拳头，两眼盯着牛四说："让开！"牛四拧着脖子："不让！不让！"岳飞急了，猛地抓住牛四腰间的丝带，用劲一拉，一下子把牛四拉了个仰面朝天。牛四爬起来，搂住岳飞就摔。岳飞既有力气，又有巧劲，牛四没摔倒岳飞，自己却连着被岳飞摔了四五个跟头。牛四自己打不过岳飞，就招呼同来的孩子一起上前围着岳飞乱打。岳飞从地上捡起一根柴棒，一顿暴打，那群孩子竟被岳飞打得鼻青脸肿、四散逃去。

岳飞回到家里，母亲姚氏见岳飞身上的衣服破了，脸上、身上还带着血道道，又急又恨，操起门后的笤帚，照着岳飞的身上狠狠地抽打起来，一边打还一边哭一边骂："你个不争气的孩子，不学好，净惹事！"打完了，自己又大哭起来。岳飞知道母亲苦，就"扑通"跪在母亲面前，说："娘，孩儿今后再也不跟人打架了。"

那天夜里，岳母在月光下跟岳飞讲了"孟母择邻""吴子学艺""头悬梁，锥刺股"等许多历史名人刻苦学习的故事，岳飞虽然还不完全明白，但知道只有从小立志学习，长大了才能为国效力。

从那以后，母亲姚氏每天用半天时间教岳飞读书，另外半天时间让岳飞外出打柴劳动。一年下来，岳飞不仅学完了《三字经》《千字文》《百家姓》等一些启蒙读本，母亲还给他讲了“四书五经”和许多历史书籍。岳母姚氏一边教岳飞读书，还一边教他习字。写字没有笔、墨、纸、砚，岳母姚氏就让岳飞从河塘边拾来芦苇当笔，从河滩里挑来沙土或者用烧火的青灰铺在地上当纸。时间长了，岳飞练出了一手好字。后来，岳飞还跟母亲学了诗词格律，有时，母子俩一边劳动还一边作诗对句。

岳母姚氏见岳飞学文习字都很用功，也不再出去和别人家的小孩打架了，打心眼儿里感到高兴。

岳飞跪母

岳飞一天天长大了，长得聪明伶俐，爱蹦爱跳，精精灵灵的，在王员外家跑出跑进，见了员外夫妇一头拱到怀里，“伯父”“伯母”叫得甜甜的。王员外一家人都很喜欢他。

岳飞爱玩水，刚学会走路就扒着水桶，两只小手伸进桶里，把水搅得咕咚咕咚响。母亲洗衣服，他就跳进洗衣盆里，两只肉墩墩的小脚丫子吧唧吧唧踩得水花乱飞，溅了母亲一头一脸的水，弄湿了裤子，还咧着小嘴笑哩。长到四五岁时，王员外家的养鱼缸、门前的小水沟都成了他玩水的地方了。母亲见他常去玩水，就把他圈在屋里，生怕他弄出个好歹。可是，咋看也看不住，一眼瞧不到就没影儿了。

麒麟村南边有条大河，就是被洪流滚滚的黄河夺道冲宽了的御河。麒麟村里除了王员外，还有汤员外、张员外，这三家非常合得来，三个员外见这一段河水平稳，一商量，就合伙设了个码头，拨船摆渡南来北往的商客行人，装运货物，生意还挺红火。王、汤、张三家各有一个儿子，分别叫王贵、汤怀、张显，都才六七岁，年龄和岳飞差不多。

三家大人的关系很好，孩子们也自然成了好朋友。

自从御河里设了码头，岳飞和三个小伙伴常跑去看热闹，看得多了，去得勤了，就学大人的样子，下河去捉鱼摸虾。他们在水里爬来滚去，玩得浑身泥糊溜秋的。

岳母姚氏见岳飞小小年纪，常去河里玩水，唠叨道："你真不怕被淹死吗？"

岳飞笑笑说："娘，淹不死哩，我是龙王爷的外甥。一出生你就抱着我坐石瓮漂到麒麟村，那么大的水都淹不死我，小沟小河怕啥哩。"

母亲不放心，说："咱岳家就你这条根，要是出个闪失，我……"

岳飞见娘生气了，连忙拉着娘的衣服说："娘，我不玩水啦！"

"这才是娘的好孩子哩。"母亲高兴地说。

岳飞又出去玩了，见了沟沟塘塘，又被清凌凌、凉丝丝的水迷住了，两只晶莹莹的黑眼珠滴溜一转，扑通跳下水去了。玩呀，玩呀，玩够了他才回家去。

岳母姚氏把岳飞拉到跟前问："你又玩水去啦？"

岳飞摇摇头。

岳母姚氏拉起他的胳膊，捋起衣袖，用指甲轻轻划了一下，胖乎乎的胳膊上立刻显出一道白印印。

母亲点着他的头说:“还想骗我，玩了水还说谎，以后不要去玩水啦！”

第二天，岳飞出去玩的时候，母亲拉起他的手，用毛笔在岳飞的胳膊上写了“不许玩水”四个字，说:“回来我要验字哩，没了字，小心我剥你的皮！”

这一下可把岳飞治住了。他见了小沟池塘，站在岸上眼巴巴地望着水，心里痒痒的，就是不敢下水。岳飞挠挠头皮，鼓鼓劲走了，心里想:“母命不能违呀！”

岳飞走着，走着，眼前又是一个池塘，三尺多深的水，清亮得像娘梳头照的大镜子一样，头发都能映得清清楚楚的。汤怀、张显、王贵正光着脊梁脚蹬手刨，拍打得水里冒花花，叽叽哇哇玩得真带劲。岳飞望着他们玩，清凌凌的水里好像伸出百十双手来拉他，再也走不动了。

池塘里三个小兄弟扬起六只手叫着:“岳飞，快来吧，下水洗个澡多痛快呀！”

“俺娘不让俺玩水了！”岳飞扬起胳膊，露出那四个字，“回家还要验字哩。”

三个小兄弟光着屁股，“哧溜”爬上岸来，围住岳飞:“这咋办？”一齐瞪起眼睛想法子。

岳飞黑眼球骨碌碌转了两圈儿，悄声说:“有了，有了！你们带书包了吗？”

汤怀三人齐声说:“刚下学就来了，书包全在这儿。”

岳飞说："洗过澡，你们再给我写上吧。"

"中！""我给你写吧！"岳飞脱了衣服，四个人一起"扑通扑通"跳进塘里，又是鸭子浮水，又是青蛙扎猛子，玩开了。

岳飞回到家里，故意捋起袖子对娘说："娘，我把字洗了吧。"

母亲瞅了一眼，四个字全在，便高兴地说："没在外边玩水就好，洗了吧。"

说来也怪，岳飞玩水真有本事。小沟小河淹不着他，就是庄前波涛汹涌的大御河，也是出出进进如履平地。脚蹬蹬，手扒扒，像鱼儿一样，"哧溜哧溜"几下就游过去了，还会躺在水上晒太阳哩。

岳飞玩水出了名，慢慢地传到了他母亲姚氏的耳朵里，母亲生气了。

一天晚上，月牙儿当空，星星眨巴着眼，岳母姚氏在门前借着月光纺线，紧绷着脸对岳飞说："你的根扎在水里啦？"

"娘，我跟你在一起的呀。"

母亲气呼呼地说："你成天背着我去河里玩水，还当我不知道？言行不一的人，长大了能忠心报国吗？"

母亲的话，像锥子一样扎在岳飞心上。岳飞的脸涨得通红，连忙避开娘的眼睛，悄悄躲进房里躺在床上。他两眼直勾勾地望着屋顶，想着娘说的话，再看看娘，心里想道：娘抱着我坐在大石瓮里漂流到内黄麒麟村，为了我，她白天操劳，夜里纺线，哪样不是为了我呀！我言而无信，骗了娘，真是不孝呀！

岳飞想着娘疼自己的心意，身子像躺在圪针上一样难受，一骨碌翻

身下了床，“扑通”跪在娘面前说：“娘，我错了，我不该哄你，让你生气。我以后一定听你的话，言行一致，做个好孩子。”

母亲见岳飞认了错，一把将他拉到怀里，说：“知错能改就好。娘知道你的心，玩水是要学本事，可你不该哄娘啊！”

“娘，我看见码头上的叔叔会游水挣钱，我想学会了撑船挣钱养娘呀……”岳飞把心事告诉了娘后，觉得月亮更明、星星更亮了。娘的心里暖烘烘的，更疼爱他了。

青灰当纸

岳飞的母亲姚氏是个望子成龙的人。她在家当黄花闺女的时候，上了几年学，能识文断字。到岳飞四五岁时，她就从王员外那里借了本《千字文》，手把手地教岳飞学认字。

岳飞的小脑袋瓜儿灵得像窗户纸，啥字一点就透、一讲就会，很快就把《千字文》背得滚瓜烂熟。字字句句像烙铁似的烙在他心里，岳飞记得牢牢实实，字挨着能认，拆开也能认，见面就认得准，读出音来脆嘣嘣的。

这天晚上，岳飞脱下裤褂，钻进被窝里，让娘给他补磨破了的裤子。母亲在灯下一面补着补丁，一面给岳飞讲古人“头悬梁，锥刺股”“凿壁借光”刻苦学习的故事。岳飞趴在枕头上，两只小手紧紧托着下巴颏儿，瞪着圆圆的眼睛，听得可带劲了，缠着娘讲了一个又一个故事。岳母姚氏补完补丁，把裤子盖在岳飞身上，就催岳飞快点睡。岳飞忽地坐起来，把褂子拽过来，披到身上，喊了声娘，说：“光认字，不学写，隔几天就忘了，明天你教我写字吧！”

“中，娘明天就教你。”

“娘，你常说千里之行，始于足下，干脆今晚就教吧。”岳飞说着伸出胳膊穿衣服。

母亲按住岳飞胖墩墩的肩头说：“看把你急得，哪差这一晚的时间。”母亲看儿子这样好学，打心眼儿里高兴。

岳飞学写字的念头一点未消，伸出手说：“拿来纸、笔，就在被窝里先教俩字，啊？”岳飞娇嗔地努着嘴，央求娘教他写字。

说起笔墨纸张，母亲的心像被针刺了一下。要是有纸、笔、墨，早该教孩子写字了。这几年吃的、穿的、用的、住的全靠王员外，要是连一些笔、墨、纸张的钱也去向王员外开口，心里实在过意不去。

岳飞看娘的脸色暗下来，像是知道了娘的心思，忙说：“我不学了。”钻进被窝就合上眼睛。

母亲见岳飞这样懂事，和自己肉连肉、心贴心，多会体贴娘的心呀。想着眼里湿漉漉的，她抚摸着岳飞的头说：“娘从手里节省下来几个钱，明天就给你买笔、墨、纸、砚，睡吧。”

岳飞没吱声，鼻子微微翕动，母亲推推他，一看岳飞睡着了。母亲拾掇拾掇桌上的东西，扒扒灶火坑里的青灰，埋上火种，也去睡了。

岳飞听听没动静，就睁开了眼睛。刚才他是装睡呢。岳飞怕娘发愁，躺在床上想着弄笔、墨、纸张的法子。心想：去向上学的小孩子们要吧，就算是关系要好的，要一两回还行，可总不能天天向人家要；在墙上写吧，两天就把墙画脏了。想着想着，上眼皮和下眼皮就打起架来，迷迷糊糊地看见从灶火门里出来个老头，白花花的头发，胡子拖得有尺把长，坐到风箱跟前的草墩上，用手轻轻把烧过的青灰扒拉出来，摊在地上，拿起烧火棍，一笔一画地写起字来。岳飞心里打了个忽闪，一下子豁亮了，这不就是笔和纸嘛。岳飞又惊又喜，咯咯笑起来。突然有人推了他一下，岳飞醒了。

只听娘问他："黑更半夜的，遇到啥喜事啦？笑得那么响。"

"娘！娘！快点灯，有笔有纸了。"

岳飞说着摸黑穿上衣服，娘也把灯点着了。岳飞趿拉着鞋，跑到灶火前，三下两下把青灰扒出来，用手抹平，用食指一画，咦，挺中。

他回过头说："娘，把青灰撒到地上当纸，用手指头当笔，写字就不用花钱买纸和笔了。"

第二天，岳母把掏出来的青灰摊在地上，开始教岳飞写字了。岳飞跟着娘用手指头在这"青灰纸"上画着，半晌工夫，就学会写"天地日月上下左右"几个字了。写了几天，岳飞的手指头都磨得红紫紫的，一碰着东西钻心般的疼。怕娘心里不好受，岳飞一声不响，忍着疼，天天不间断地练习。

青灰有时烧得不透，里边总是疙里疙瘩的，一碰着灰疙瘩，就把字写得变了样。这天母亲拿来筛子，把青灰筛了一遍，又细又匀，摊在地

上，平呼呼暄腾腾的。岳飞在筛过的青灰上写字，省劲多了，写的字也好看了。写了个把月，岳飞每天写的字越来越多，用指头写的字又大，青灰摊得比席子还大，也不够岳飞用。岳飞写呀写，青灰不够用，就去四邻八舍的灶火坑里掏青灰。后来，岳母把头上的银簪拔下来，叫岳飞用银簪在青灰上写字。用银簪在青灰上写字，又匀又小，再也不磨指头了。

岳飞用这“银簪笔”和“青灰纸”，写了多少字，谁也说不上来，只知道岳母的银簪被磨短了大半寸。

淘沙练书法

岳飞他娘的心，全扑到岳飞身上了，一天三遍嘱咐岳飞搂柴火回来，先读书，后写字，写完小楷写大楷，天天练习，不能三天打鱼、两天晒网。

岳飞用银簪在青灰上写字的事，让王员外知道了，就差人送来笔墨纸砚给岳母，说："叫岳飞写字用，别去费劲扒拉青灰了。"

有了笔墨纸张，比在青灰上写字好多了，岳飞一口气就写了一张纸。母亲见岳飞写的字潦潦草草，就对岳飞说："光会写不行，字要写得好，才算有功夫，以后要认真地写。"

在岳母的扶持下，岳飞先临仿，后写九宫格，一步一步地学，后来就摹帖，写的字进步可快了，像六月天的玉米嘎嘣嘎嘣往上长，一天一个样。一年工夫，他就运笔自如，写得铁画、银钩、虿（chài）尾。岳飞看字写得差不多了，就松了劲，从一天写一百个字，慢慢减少到一天写八十个，再到五十个。

这天，母亲问岳飞："今儿怎么写三十个字就涮笔不写啦？"

岳飞漫不经心，扬扬得意地说："娘，你看我的字，写得和帖上一模一样了。"

母亲指着岳飞写的字说："你的字，猛一看，像朵花；细一看，是生花红涩柿子，外表是个字，其实没有真功夫。点、撇、钩、捺，刚而不柔；横、竖，光柔不刚。不要说和帖上的字比，就是和娘的字比，也差得远哩！"

岳飞听着娘数落，再看看自己写的字，脸红了。

母亲拉岳飞坐下来说："字要写得好，全靠天长日久地练。晋朝有个王献之，磨墨用了九九八十一缸水……"岳飞听娘讲着，想想自己才用秃了两支笔，磨了一锭墨，和王献之比，真是牛尾巴打月亮——差得太远啦！

第二天清早，岳飞背上箩筐去搂柴火的时候，母亲递给他一个小水桶说："你去村南沙河里，捎一桶河沙回来。"

早先，麒麟村南边有条御河，黄河发大水那一年，淤满了沙土。沙河里的沙子黄澄澄、细腻腻的。岳飞搂了柴火，就捎回来一桶黄沙。

吃过饭，母亲把细沙土倒在桌子上，叫岳飞拿来毛笔，端来一碗凉水，放到桌角。岳飞不知道要干啥，两只黑溜溜的眼睛，忽闪忽闪地看着娘。母亲拿起毛笔，蘸了蘸水，递给岳飞，说："从今天起，就在沙上写字，这叫画沙。"

岳飞觉得怪新鲜的，就伸手接过笔在沙上写字。谁知在纸上听话的笔，在沙上可就不行了，点写的不是点，捺也写不成捺，横道弯不溜秋，竖画歪歪扭扭。真想不到沙上写字这么难，一会儿就累得胳膊麻，手腕酸，和刚才在纸上练字的滋味差多了。岳飞这才知道娘是一步步往高处领自己。

岳飞在沙上写了两天，笔老不听使唤，他心里有些活动："给娘说说，还是在纸上写吧。"

母亲看透了儿子的心思，说："铁梁磨绣针，功到自然成。不吃苦，哪能练出真功夫呢？"

过了一段时间，岳飞能在沙上写成字了，虽说字像小虫爬的，但总算是向前迈了一步。岳飞暗暗下定决心，要坚持天天练字。这天，临睡前岳飞又在沙上写了几个字，第二天起床一看，那字变得黑油油的，惊得岳飞目瞪口呆了半天。岳飞把沙摊了一摊，抹掉那几个字，掂起笔，蘸了蘸水，细心地在沙上写起来。笔一过去，那水印到沙上，由白到灰，由灰到黑，字迹清清楚楚，闪闪发亮，一股墨香沁得鼻子麻麻的。这可好了，字写得好坏，顿时都可以看到。岳飞只顾高兴，也不去想咋会变成黑字的，怎样把细沙土染黑了。这样写字好是好，就是写一次得换一次沙土，但那怕啥，岳飞有的是力气，多淘点沙土就中了。

这下，岳飞像吃饱草的小牛犊，劲足足的，没日没夜地练字，越写沙土要得越多。写完了就去淘沙土，开始淘一小桶，后来一大桶，慢慢两大桶。天天不间断地写，天天不间断地淘。夏天，太阳把沙晒得滚烫

滚烫的，手脚一挨火辣辣，烫得岳飞直咬牙；冬天西北风刮得像刀子，雪花呼呼地飘，沙土冻得梆梆硬，淘一把，就得哈哈手，放腰里暖暖。就这样，岳飞不管暑夏寒冬，天天去淘沙，天天都练字。没几年，这条沙河就被岳飞淘成又深又宽的大沟了。写字用过的沙，堆到村边，摊了一层又一层，把麒麟村四周的地势都垫高了几尺。

后来，黄河水又归了旧河道，御河又恢复了原来的模样，岳飞淘过沙的这段御河，用九丈九尺九寸长的船篙都探不到底，河水清凌凌、明亮亮的，无风平如镜，刮风能起三尺浪。麒麟村的人就把这段河叫作“岳飞河”。

岳飞书写诸葛亮的前后《出师表》，那字刚劲挺秀，严密得当，龙飞凤舞，越看越耐看，这功夫就是从小练成的。

拜师周侗

麒麟村的王明员外有个儿子叫王贵，张员外的儿子叫张显，汤员外的儿子叫汤怀。这三个孩子跟岳飞的年龄差不多。在他们该读书的时候，三个员外在村里办了一所私塾小学，从外村请来先生教他们读书识字。可是，王贵、张显、汤怀三个都是富家子弟，在家里顽皮惯了，到学校哪里能受半点拘束，王员外先后请了几位先生，都被这三个顽皮的孩子打跑了。

一年秋天，在京城当武术教官的周侗，从北京大名府乘船顺御河逆流南行，当船行走到内黄县麒麟村时，他见岸边的谷子都长着双穗。“禾生双穗，必生贵人。”周侗上岸一看，麒麟村前有沥泉山，山虽不高，却挺拔伟壮；后傍御河，河水滔滔北去，宛如万丈巨龙，真是山清水秀，风光奇特，遂决意在此地隐居。

周侗上岸来到麒麟村头，迎面碰上正要外出的王明员外。王明员外早年在北京大名府做买卖时，曾与周侗有过一面之缘，今日巧遇多年故旧，真是欢喜非常。王明把周侗请到家中，吩咐家人摆了一桌丰盛的酒宴，并请张祥、汤万二位员外作陪。酒席间，周侗与王明员外叙谈起别离后的境遇，都不胜感慨。后来，当三位员外说起孩子们的学习时，又都唉声叹气起来。周侗问明情况，说他愿意留下来替三位员外教导教导三个孩子。三位员外听了都喜出望外。

周侗在东京汴梁、北京大名府教了一辈子徒弟，据说东京八百万禁军教头林冲，大名府富豪卢俊义和景阳冈打虎的武松都是他的徒弟。他年岁大了，又看不惯当朝权贵的阴暗腐败，就从京城跑到乡下，准备找个清静的地方安度晚年。在乡村小学教导三个孩子，并不十分费力。王贵、张显、汤怀三个孩子开始时还敢调皮捣蛋，没几天，就都被周侗治得服服帖帖的。

再说年幼的岳飞，他在母亲的教育下，虽然学业很有长进。可是，每当他从村西小学路过时，都要恋恋不舍地向学校张望几次。自从周侗来了以后，三个孩子的读书声，更是吸引了岳飞。每当周侗讲课的时候，岳飞都趴在窗外听，周侗教他们武艺的时候，岳飞就站在远处看，并跟着他们一招一式地练。

一天，周侗要外出访友，出门时，他给王贵、张显、汤怀三个学生每人出了一题，限他们每人做一篇文章，做不好就要挨板子。三个孩子冥思苦想了一阵，谁也做不出。文章做不出，他们就在院子里打闹玩耍起来。这时候，岳飞拾柴回来准备听周侗老师讲学，见三个孩子在院子里闹着玩，知道老师不在，转身就走。王贵眼尖，跑过来一把抓住岳飞的胳膊说：“岳大哥，帮我做篇文章吧。”岳飞说：“文章都是自己做的，哪能找人替做。”王贵和张显、汤怀一齐说：“你不做，我们就打你！”岳飞的劲被激起来了，说：“想比试比试吗？”说着，就在校院里与三个孩子打起来了。王贵、张显、汤怀哪里是岳飞的对手，只三拳两脚，三个人就都被岳飞打得趴在了地上。

岳飞看着趴在地上的三个孩子，笑着说：“我替你们写文章也中，就是不能对老师说是我写的，也不能去我母亲那里告状。”三人见岳飞肯替他们写文章，也顾不得伤痛，忙爬起来替他展纸磨墨，岳飞挥笔疾书，不大会儿就做了三篇文章。

周侗回来，看到王贵、张显、汤怀三人的文章，篇篇文字顺畅，内容生动，而且字体也刚劲有力，知道不是他们自己写的。周侗问他们是谁写的文章，三人都说是自己写的。周侗见他们不说实话，就每人打了三板子，三人被打疼了，才说出是请拾柴的岳飞代做的。

周侗早就注意到，有个捡柴的孩子经常趴在窗外听课，这才知道那孩子叫岳飞。周侗叫王贵从家里请来岳飞谈话，见岳飞谈吐自若，极有志向，打心眼儿里喜欢他。

于是，周侗又托王明员外找岳母姚氏商量，说愿意收岳飞为徒，并免费让他上学。岳母姚氏巴不得能让岳飞上学，见周侗慈眉善目的，并说要免费让岳飞上学，当即让岳飞向周侗跪下磕头。第二天，岳飞高高

兴兴地上学去了。

在学校里，周侗见岳飞与王贵、张显、汤怀几个小伙伴情投意合，就让他们结为金兰兄弟。从此，岳飞和张显、王贵、汤怀几个小兄弟在周侗的精心教导下，白天学文，晚间习武，岳飞到了十五六岁，不仅满腹锦绣文章，而且十八般武艺样样精通。

心怀天下

岳飞自从入学以后，在周侗老师的教诲下，如鱼得水，学习更加努力刻苦。不管是白天习文，还是夜间习武，他都要比同学们多学、多练一个时辰。周侗见岳飞小小年纪就如此潜心学习，从心眼儿里也更加喜欢岳飞，不论是教他文章，还是授他武艺，都加倍地精心培护，处处留心他的一举一动。由于岳飞聪明好学，刻苦认真，老师教授的《千字文》《百家姓》等启蒙课本，岳飞早已背得滚瓜烂熟，文中的掌故人物也都牢记心中。

说来也怪，在岳飞没入学的时候，王贵、张显、汤怀几个孩子一个比一个调皮捣蛋，可是自从岳飞入学以后，这几个孩子也都见好学好，开始认真学习起来。三个员外见孩子在岳飞的带领下，也都安心学文习武了，都十分欢喜。一日，周侗老师讲习《春秋》“晏子使楚”的故事，说晏子到了楚国以后，楚国的君臣见晏子身材短小，数度羞辱晏子，晏子以超人的智慧，回击了楚国君臣的刁难，树立了齐国的威信，赢得了世人的尊敬。

周侗老师讲完了这个故事，有意考考岳飞和王贵、张显、汤怀这一班学生的应变能力。

他说："徒儿们，你们说，晏子聪明不聪明？"

孩子们齐声回答："聪明。"

周侗又说："你们愿不愿意学晏子？"

"愿意！"

"好，"周侗接着说，"我再给你们讲一个故事，谁回答得好，谁就是我们中间的小晏子。"

周侗说："过去有一个国王非常残暴，他规定，任何外国人到了他的国家都要回答'你来做什么？'的提问。如果回答实话，这个人便会被烧死；如果回答谎话，这个人便会被淹死。徒儿们，你们谁能想出一个好办法，让这个人既不被这个暴君烧死，也不被这个暴君淹死？"

汤怀抢先回答说："老师，这个国王那么坏，我们都不去他那里，这样既不会被烧死，也不会被淹死了。"

张显说："不行，不行。去还是要去的，去了谁也不说话，这样谁也不会死了。"

王贵是个急性子，他截断张显的话说："你们两个说的都使不得。让我去那个国王那里，一刀把他砍了，看他还敢不敢杀人。"

大家听了，不禁哄堂大笑起来。

周侗见三个徒儿答得都不着边际，最后把目光投向岳飞，问："岳飞徒儿，你说说。"

岳飞站起身来，不慌不忙地说："这是一个'两难故事'，三位师弟都没有正面回答老师的问题。这个问题的前提是：第一，外国人已经来了；第二，来了以后还必须要回答暴君的提问。怎样回答才既不会被烧死，也不会被淹死呢？假如我是那个外国人，我就这样回答：'我是来被淹死的。'这样回答，那个残暴的国君既不能淹死我，也不会烧死我。因为暴君如果要烧死我，证明我在说谎话，说谎话的惩罚是被淹死；如果要淹死我，证明我说的是实话，说实话的惩罚是被烧死。"

岳飞刚刚回答完，张显、王贵、汤怀三个小兄弟异口同声地欢呼起来。周侗老师也投来赞许的目光。

有一次吃午饭，菜肴有白菜和鸡蛋，周侗说："我给徒儿们出一道题，做得好的吃鸡蛋，做得不好的吃白菜。"周侗给每个徒儿分了一个熟鸡蛋，让他们把鸡蛋竖着立在桌子上。

王贵、张显、汤怀左摆右弄，鸡蛋就是竖不起来。大家没有办法，又把目光投向岳飞。只见岳飞拿起熟鸡蛋，大头朝下在桌子上轻轻一磕，熟鸡蛋就稳稳地立在了桌子上。

三个小兄弟见岳飞把鸡蛋竖着立起来了，只好乖乖地把手中的鸡蛋送给了岳飞。

还有一次，周侗老师给每个徒儿发了一张纸，让徒儿们每人写一个

最大的字。王贵在一张纸上写了一个大大的“国”字，国字的方框把一张纸画得满满的；张显写了一个“大”字，他说“大”字最大；汤怀则写了一个“天”字，他说“天”字最大。周侗老师把大家写的字都收来看了。最后，他把岳飞写的字亮给大家看。三个小兄弟看了，忍不住都哈哈大笑起来，原来岳飞在一张纸的中间，工工整整地写了一个“心”字。周侗让大家不要笑，让岳飞说说他的想法。

岳飞说：“古人云‘心怀天下’，天下最大的字莫过于‘心’字。大家想想，有什么东西是不能装在人的心里的呢？再说了，我们做人只有心怀天下，才能上报国家，下安黎民，为百姓造福，才能成为万世流芳的大英雄。”

周侗老师听了岳飞的话，觉得他不但说得很有道理，而且志向远大，极有抱负，高兴得连连赞道：“好好好！”三个小兄弟见岳飞说得头头是道，也打心眼儿里更加佩服岳飞了。

沥泉神枪

离麒麟村不远处有一座沥泉山，说它是山，其实就是高高的土岗。沥泉山上有一座沥泉寺，寺院旁边有一眼沥泉井，沥泉井水清澈透亮，用沥泉井里的水煮米米香，泡茶茶醇，还有一样好处，就是有人生了眼疾，用沥泉井里的水冲洗，冲洗几次就好了。沥泉寺里的智明长老与周侗是朋友，周侗常带着岳飞和王贵、张显、汤怀他们到寺院里玩。

一天，岳飞的母亲姚氏忽然生了眼疾，请郎中看了几次也不见好。岳飞是个孝子，见母亲眼疼得厉害，想起沥泉寺边的井水能治眼疾，心想何不到山上打些井水给母亲洗眼治病。中午放学后，岳飞禀明了周侗老师，就和王贵、张显、汤怀一起去沥泉井取水。可是到了沥泉山下，寺院里的小和尚告诉岳飞，说沥泉井的水不能吃了，不知什么时候来了一条大蟒把住井口，谁也不敢近前。

岳飞以为小和尚吓唬他，硬往山上闯。小和尚急了，拉住岳飞的衣袖，说："岳相公，俺不诳你，沥泉井里真的有一条大蟒，前天还咬伤了人。是俺师父让俺专门在这里守着，免得再让那厮伤人。"

岳飞艺高胆大，再加上为母亲治眼疾心切，就不顾小和尚的劝阻，带着三位小兄弟直奔沥泉井而来。到了沥泉井近处，果然见沥泉井上雾气沼沼，大蟒从井里伸出头来，在那里吞云吐雾。王贵他们有些害怕地说："岳大哥，要不还是等大蟒走了，咱再来弄水为伯母治病吧！"

岳飞说："兄弟们不要怕，看我去把这个怪物打死，为老百姓除害！"说着，他就脱下身上的长褂，勒紧腰间的丝带，然后跑到寺院里捡起一根木棒，大步冲向大蟒。

大蟒见有人过来，高昂着篓斗样的大脑袋，吐着长长的芯子，对着岳飞直瞪眼睛。岳飞也不害怕，照准大蟒的头，用手中的木棒猛地横扫过去，大蟒猛一缩头，只听"咔嚓"一声，岳飞的木棒没有击中大蟒，而是打在井旁的一根大柱子上，木棒一下子断为两截。这时，刚缩到井里的大蟒又伸出头来，照着岳飞扑来。岳飞忙丢掉手中的断棒，双手狠狠地抱住大蟒的头，猛地用力一拔，竟把大蟒从井里拽了出来。他刚要招呼王贵等人过来帮忙，低头一看，大蟒不见了，手中竟然攥着一支银光闪闪的钢枪。

王贵、张显、汤怀见岳飞得了一支神枪，都跑过来看，只见枪杆上有四个大字——"沥泉神枪"。以后岳飞用这支神枪冲锋陷阵，杀了无数凶恶的金兵，建立了莫大的功劳。

铁臂神弓

岳飞在沥泉井夺得沥泉神枪，在周侗老师的精心教习下，日夜操练学习，很快就把沥泉神枪使得电闪雷鸣、劈山倒海一般，九九八十一路枪法练得滚瓜烂熟。

古人说："军器三十六，弓箭称为首；武艺一十八，弓弩为第一。"岳飞学会了使用刀枪剑戟，各种兵器，周侗又教他弓弩骑射。

周侗说："好的射手，第一，要有拉动硬弓的臂力；第二，要有穿云破雾的眼神；第三，要有百发百中的本领。"他说，自从我们的祖先张挥制造弓箭以后，曾有过无数的神箭英雄。

练硬功：古时候，有一位英雄叫后羿，他能拉动千斤神弓，能射杀万里远的凶兽。有一年，天上同时出了十个太阳，他用神箭射落了九个。汉武帝时，有一位边关大将叫李广，他射出去的利箭，能穿透巨石。

练眼神：上古有一位神箭手叫纪昌，为了练习眼神，他把一只虱子用头发拴住腿，挂在树上，先在三五步的地方看，再后退十来步看，逐日后退一步。时间长了，就是站到百步以外，也能看到虱子有几条腿。

练命中：先射六十步，再射一百步，依次拉远靶子，越射越远，越练越准。

练臂力：古时候有一个叫逄蒙的大力士，为了练臂力，他开始天天抱一头小牛犊玩，他天天抱，牛天天长，后来，牛犊长成了足有千斤的大犍子，他也像抱小牛犊一样玩耍自如。

周侗说，学习射箭，就要有射日的胸怀和穿石的本领。岳飞照着师父周侗教导的方法练习射箭，很快练成了百步穿杨、箭无虚发的技艺。箭术高了，岳飞总觉得自己使用的弓不称手，射箭也不太远。他去请教师父周侗，说："师父，您教导徒儿要有射日的胸怀和穿石的本领，可是我使用的弓弦太软，箭根本射不远。世上有好的硬弓劲弦吗？"

周侗看看岳飞，见他年纪尚轻，不知他的臂力如何，就说："世上有神弓，只是不知徒儿们能否拿得动、拉得开。"他见王员外家的大门口，一边立着一尊石狮子，每只足有七八百斤，便说："徒儿们，谁能举动石狮子，为师就传授谁铁臂神弓。"

王贵听了，第一个脱下长衫，大步走近石狮，双手抱住狮身，奋力举起石狮。张显、汤怀也各自抱起石狮绕场转了一圈。轮到岳飞，只见他把两只石狮并到一处，两手各抓住一只石狮的前腿，双膀一用力，竟然把两只石狮高高地举起，绕门前转了一周，又轻轻放回原处，面不改

色，气不发喘。

周侗见岳飞有无穷的神力，就回屋取出自己家传的铁臂神弓，说："这张弓是我们周家家传神弓，据说神弓本是三国老将黄忠的兵器，后来流落到我们祖先手上，至今有三十余代了。这张神弓足有三十六斤重，没有千斤的力量，绝对拉不开，使不动。"说罢，周侗从箭囊里取出三支利箭，"嗖、嗖、嗖"连发三箭，三箭都射中了远处的一棵大树，并且是三支箭同中一穴，箭杆没入树干半尺有余。

张显、王贵、汤怀三人接过铁臂神弓，每人只能拉开半弦。周侗看着岳飞，说："请徒儿试试此弓如何。"岳飞接过师父的铁臂神弓，左手紧握弓背，右手拉动弓弦，双臂一用力，铁臂神弓如同一轮满月。岳飞照着师父的样子，向远处的大树连射三箭。王贵、张显、汤怀跑去一看，见岳飞射出的三支箭，正好射中周侗老师三箭的箭尾。

周侗早有意把自己的家传铁臂神弓传给岳飞，只怕他年纪小使不动，今日见岳飞不但双臂有千斤神力，而且箭法精妙，便高兴地说："为师年事已高，留此强弓已毫无用处，今日就把此弓送给徒儿岳飞，日后徒儿能用此弓杀敌卫国，建功立业，也算是此弓物有所归、落花有主了。"

周侗赠送岳飞铁臂神弓，尽传他家射箭妙术。后来又教会岳飞左右射的绝技功夫。岳飞统率岳家军抗金时，人人学会左右射的箭法，射杀无数金兵，使金兵闻风丧胆，望风而逃。

道悦看相

道悦大和尚是云游四方的得道活佛，在冀州府，他曾与郭药师登坛斗法，大败郭药师，从此声震燕云，名扬河北。冀州斗法以后，道悦大和尚从冀州府一路南下，云游到沥泉山下，他见这里风景秀丽，山河壮观，水清物美，豚壮牛肥，真是一个好地方。沥泉寺住持智明长老是道悦大和尚的同门师兄，因两人同门不同师，所以未曾见过面。这次路过沥泉山，道悦大和尚正好拜见师兄智明长老。

智明长老见道悦到来，十分高兴。智明长老知道道悦活佛道行深厚，法力广大，自己虽是师兄，仍不免屈尊请教。道悦大和尚谈论佛法，智明长老非常佩服。

一日，智明长老带道悦活佛观看沥泉山风景，道悦活佛称赞这里是人间仙境。正行间，道悦忽然驻足不行，两眼望着沥泉山下的一处村庄，说道:“这个村庄的上空有一团紫气笼罩，必有贵人。”话音未落，忽有小沙弥来报，说麒麟村周侗先生来访。智明长老一笑，说:“贵人来了。”

周侗早就知道道悦活佛的大名，他听说道悦大和尚来到了沥泉寺，就带领岳飞等几个小徒前往沥泉寺拜见道悦大和尚。

智明长老与道悦大和尚回到大雄宝殿，周侗等人也随着进了大殿。道悦活佛与周侗早已互有耳闻，两人相互寒暄问候之后，分宾主坐下。

周侗说:“老夫早闻高僧大名，前日在冀州府斗法，更是轰动天下。”

活佛说:“冀州府斗法，实在是因那郭药师狂妄自大，口眼朝天，贫僧忍耐不过偶然出手，挫挫他的锐气，实不足论。我看先生隐居在仙境似的村庄，教书授徒，享受天伦之乐，才是幸事。”彼此称赞一回。

周侗说:“老夫一生教了无数徒弟，先前的几个有的被奸臣所害，有的远避他乡。老夫年事已高，想隐居山野僻壤，安度晚年。不想在这里遇到了老友王明，他托付我教授几位员外家的独生儿子。麒麟村有一个名叫岳飞的孩子，我见他天资聪颖，志向远大，是可造之才。老夫教授他一番，果然比老夫以前的徒弟都更胜一筹，将来必为国之栋梁。这次活佛到来，请为我的几位徒弟看看面相，指引个出路。”

道悦活佛见周侗身后站定四个孩子，个个红光罩顶，尽是将帅之才，不觉大惊，说:“老先生这四位小徒人人相貌不凡，俱可出人头地。”

说着，口拈四句偈语谶言:

大河两岸起狼烟，

恶虎凶豹吞中原。
纵横驰骋千万里，
拜将封侯在江边。

接着又吟道：

兄弟同一体，
相随不分离。
古有刘关张，
莫作七步诗。

周侗听了前边四句诗，知道朝廷将要面临一场大灾难，平稳的日子恐怕不会太长久。想想自己虽老之将至，但几个小徒却可以为国建功立业，也不枉自己的一世英名。后四句明明劝诫几个徒儿要团结一致，同仇敌忾，方可同贵同荣，切不要学曹氏兄弟相互争斗，被后人耻笑。因此，他让四人各自把诗词写了收藏起来，并且要烂熟于心，兄弟一世相随，不可背离。后来，果然兄弟四人在抗金战场上紧密团结，打了无数胜仗，张显、汤怀官至都统制，王贵官至三品，岳飞封帅拜将，位至武官一品。

岳飞要问自己的后世。道悦活佛说："小小年纪，当努力建功立业。二十年后还有缘相见，那时再问后世不迟。"二十年后，岳飞在长江岸边又遇到道悦活佛，岳飞再问其后世，道悦活佛送他八句谶言：

岁底不足，提防天哭；
奉下两点，将人荼毒。
老柑腾挪，缠人奈何？
切些把舵，留意风波。

岳飞当时不识谶语，若干年后抗金之际被朝廷从前线召回，只身去杭州面君，不想正中秦桧等人毒计，以“莫须有”三字狱，把岳飞害死在风波亭。

县衙招亲

俗话说“名师出高徒”。周侗人称铁臂金刀，一生教了无数个武林高手，老来收岳飞为徒，把平生的学问武艺尽数传授给他，再加上岳飞的勤学苦练和细心揣摩，少年时的岳飞已经是刀枪剑戟样样纯熟，锤棍鞭钺件件超群，箭弩骑射更是精妙绝伦。

岳飞十六岁那年，内黄县张贴榜文在县城比武取士，王明和张祥、汤万三位员外一齐找周侗，商量让几个孩子去县城比武考试。周侗让岳飞告知岳母姚氏，自己与三位小兄弟也要同去内黄考试。

开场比武这天，周侗和三位员外带着四个孩子早早来到县城。校场设在县城东北角，周围插满了彩旗，看热闹的老百姓人山人海。考场上，县令李春带着考官坐在搭建的草棚下，等待考生入场考试。

考试分文场武场，文场考试为兵法战策，武场为武功箭术。头一天是文场考试，文场下来那些不学无术的纨绔子弟，都垂头丧气地走了。第二天为武场考试，参加比武的武生，个个精神抖擞，气宇轩昂。刀枪棍棒武术比试，岳飞的枪法、剑术都得了头名；徒手对打全场没有一个是岳飞的对手；骑马射箭，岳飞用老师周侗的三十六斤硬弓，左右射二百四十步的箭垛，箭箭射中箭靶红心，全场围观的考生和百姓欢声雷动，连坐在草棚下的考官和县令李春都惊得睁大了眼睛。

县令李春见岳飞小小年纪，武功就如此高强，暗暗称奇。他让考官拿来了岳飞文场的考卷，考卷文章也是字字珠玑，文论得当。李春把岳飞叫来，见岳飞龙眉凤目，一表人才，打心眼儿里喜欢。李春问岳飞跟谁学艺，岳飞说他的老师是周侗。李春说周侗是他敬仰的英雄，可惜没有见过面，让岳飞快把周侗老师请来相见。

周侗被岳飞搀扶着来见李春。李春忙起身相迎，连声说道："久闻老英雄大名，今日有缘相见，是晚生有幸。"周侗也连说："打扰，打扰！"二人落座，谈起东京旧事和汴梁繁华。天色晚了，李春挽着周侗，并让岳飞请张祥、王明、汤万三位员外和张显、王贵、汤怀同去后衙，设下酒宴，宴请众位。席间，李春问起岳飞的家事，岳飞如实禀告；问起岳飞的文韬武略，岳飞对答如流。李春对岳飞越看越喜欢，他回后堂征得女儿同意后，便请张祥、王明、汤万三位员外做媒，把女儿李娃（编者注：李娃实为岳飞第二任妻子）许配给岳飞。

过了三日，李春派人送来了女儿李娃的生辰八字，正与岳飞的八字相配，岳母见了更是欢喜。后来，王明员外腾出三间上房，让家院打扫干净，布置得当，给岳飞当新房，又拣了吉日，把李娃娶到了麒麟村。

道士赠书

黄河岸边，有一座规模宏大的庙观叫天乙庙。天乙庙住持一清道长与沥泉寺的智明长老是朋友，两人不是在沥泉寺谈经，就是到天乙庙论道。周侗在麒麟村教书授徒，常听智明长老说起一清道长，久有仰慕之意。前些年因几个徒儿年纪尚小，整日忙于教学，无暇脱身。内黄县校场小考后，周侗见几个徒儿有了出身，也想让徒儿们会会高人，长些见识。

一日，智明长老说要去天乙庙，周侗就带上岳飞等四个徒儿，随同长老一同去天乙庙拜谒一清道长。

周侗等跟随智明长老来到天乙庙前，见天乙庙坐落在黄泽岸边的一座土山上，庙宇古朴雄伟，观内松柏参天，依山傍水，傲踞旷野，悠悠然，郁郁然，果然是一处古圣先贤修身养德的人间仙境。

智明长老正要上前叩门，庙门“呀”的一声开了，里面走出两位眉目清秀的小道童，对智明长老深深一揖，道：“我家道长说今日有贵人造访，特让我俩在此恭候大驾光临。”道童引领众人走过二门，一清道长早已迎出门外。一清道长携智明长老和周侗走进殿堂，分宾主坐定。

智明长老介绍说：“这位是我的老友叫周侗。周老先生早年在东京和北京做事，因厌倦了繁华的京城生活，现隐居在麒麟村……”

一清道长没等智明长老说完，打断话头说：“莫非是在东京教授过八十万禁军教头林冲的周侗老先生？”

周侗忙起身说：“正是在下。”

“久仰！久仰！”一清道长肃然起敬。

三人说了一阵相互仰慕的话，又谈论起世事沧桑，人世纷乱。说到林冲、卢俊义等因奸臣当道，惨遭害死，智明长老和一清道长虽是世外高人，也不免感慨世道不平。

一清道长听人说，周侗有个叫岳飞的徒弟，在内黄县校场比武夺魁，县令李春还把女儿许配给了他，想来岳飞绝非等闲之辈。一清道长见侍立在周侗身后的四位少年，个个精神抖擞，气宇轩昂，但不知哪位是岳飞。因此，一清道长问道：“周老先生在麒麟村教授几位高徒？”

周侗答道：“仅此四个小徒而已。”

道长又问：“前日，在内黄县校场考取第一名的岳飞可在？”

岳飞见一清道长问到自己，忙快步上前施礼说：“小可便是岳飞。”

一清道长上下打量岳飞，见他天庭饱满，鼻正口方，蜂腰猿背，体魄雄健，果然是一表人才。能在内黄县校场比武夺魁，又是名师周侗教授的高徒，武艺自不必说了，但不知文才如何，遂有意考问其学识志向。

一清道长问:“此地道观叫天乙庙，你可知出处？”

岳飞不慌不忙地朗朗答道:“《诗》云:‘天命玄鸟，降而生商。’先圣帝喾高辛氏妃简狄吞燕卵而生契，契佐大禹治水有功封于商。十四世至汤。汤始居亳，从先王居。就是此地。汤时，夏桀宠妹喜，亲小人，暴殄（tiǎn）天物。汤王吊民罚罪，灭夏朝，立殷商。汤王名叫天乙，为祭祀汤王，所以叫‘天乙庙’。”

一清道长和智明长老见岳飞小小年纪，竟精通古史，非常惊奇。

一清道长又问:“在当今盛世，如何立身报国？”

岳飞答道:“大宋立国，经过太祖、太宗等八世，已有百余年了。当今虽称盛世，可是，朝中奸人当道，不修边防。近时大宋与金国订立‘海上之约’，收复云燕，国人皆贺，我却不然。金国，虎狼之国。今日大宋虽然联金败辽，实有引狼入室之患。古人言:敌人的敌人并非都是朋友。我志在学遍天下武艺，胸谋古今韬略，一朝国家有难，当舍身救国，奋勇杀敌，匡扶人民！”

不久，金国果然背弃盟约，攻破汴京，掳走了徽、钦二帝，这是后话。

一清道长再问他古人先贤，战策方略，岳飞均对答如流，侃侃而谈，令两位高人惊愕不已。

一清道长见岳飞人小志大，才识过人，又有周侗这样的名师教授，

将来必为国家栋梁，遂将珍藏的《太公兵法》《诸葛阵图》及历代兵书悉数交给岳飞，并一一传授学习心得，嘱咐说：“回去仔细研读，将来必有用处。”

岳飞得了这些兵书战策，就像得了宝贝，果然废寝忘食，昼夜拜读，再加上周侗老师的指点，学识更加长进。

初识杨再兴

张显、王贵、汤怀自从与师父周侗去了天乙庙后，对广渺浩瀚的黄泽非常喜欢，常常缠着岳飞带他们去黄泽划船游玩。一日，周侗修了一封书信，让岳飞去相州永和县送给一个朋友。张显、王贵、汤怀听了，也嚷着要去。周侗见他们兄弟几个情投意合、形影不离，就同意他们哥儿四个一同前去。

次日，王贵、张显、汤怀三个小兄弟早早地吃过饭，穿戴整齐，每人都骑着自己的高头大马，齐集在岳飞门前催他上路。岳飞忙辞别母亲和师父，揣好书信，牵出自己的青鬃白马，插上沥泉神枪，与三个小兄弟高高兴兴地往永和县城飞奔而去。

到了黄泽岸边，张显、王贵却不肯再走了，说要去黄泽划船游玩。岳飞不许。一会儿，他俩一个说自己头疼难忍，一个吵着肚疼拉稀，绝不肯再行一步。岳飞知道他们两个想找借口去玩儿，就叮嘱了他俩几句，自己和汤怀两个人前去永和县城送信。

岳飞去永和县城送完书信，放心不下王贵和张显，和汤怀草草吃了些饭食，就急急忙忙往黄泽赶来。

刚出县城不远，却见前边一骑如飞似的迎面驰来，近前一看，竟是张显。只见张显歪戴着帽子，反穿着披肩，鞋子也丢掉了一只，满脸是灰，汗如雨下。岳飞忙问出了什么事。张显结结巴巴地说："大哥，不好了，王贵哥哥被一个穿白袍的小将捉去了。"

岳飞听了大吃一惊，顾不上细问原因，就快马加鞭向黄泽边飞驰过去。

原来，岳飞与汤怀走后，张显和王贵就雇了一条小船在黄泽里游玩荡起水来。游了一会儿，两人觉得没了兴致，就弃船去岸边的酒店里吃酒。吃了一点儿酒菜，他俩又觉得这家小店嘈杂无趣，便又赶到一家依山傍水的豪华酒楼里吃酒。他俩找了一间临水的雅间正要坐下，酒保说这个雅间已有人预订下了。两人不肯让出，酒保执意不许。正在吵闹，只见一个身穿白袍的小官人带着几个家将来了。酒保见白袍小官人来了，说这两位占了雅间不肯出来。白袍小官人探头看了看，什么也没说，转身出门要走。

张显却骂了一句："哪儿来的鳖孙小子，敢跟老子争座位！"

白袍小官人听了却又转过身来，不由分说，拖住张显把他推出门外。张显反身要打，不想却被白袍小官人三拳两脚打得连翻四五个跟头，一只鞋也丢掉了。王贵见张显吃了亏，也扑过来与白袍小官人交手，只五七个来回，也被白袍小官人踢翻在地，几个家将拿绳子把王贵捆绑起来。张显见王贵被捉，忙跑到黄泽边骑马跑来找岳飞报信。

岳飞随着张显飞马赶到黄泽边一座庄园前面。庄园前有一片空地，像是军士操练的地方。空地尽头的一棵大树树干上，绑着一个人，近前一看，正是王贵。

岳飞正要前去解救王贵，从庄院里飞驰出一匹白马，马上端坐着一位白袍小将，手提银枪。白马、白袍、银枪，恰似仙童神将一般。白袍小将见岳飞解救王贵，也不问话，上前举枪就刺。岳飞忙抬枪遮挡。白袍小将见一枪走空，反身又是一枪。岳飞见白袍小将枪法精妙，也只好抖擞精神，舞动沥泉神枪，与白袍小将大战起来。

岳飞与白袍小将大战三十余回合，也没有分出高低上下。看看天色已晚，王贵仍被人家绑在树上，岳飞心里暗暗着急。他正要施计胜白袍小将，忽然远处传来一声暴喝："孽畜又来惹事，还不快快住手！"白袍小将听了，忙撇下岳飞，连王贵也不管了，一溜烟儿骑马向远处跑了。

岳飞救了王贵，正要打听这家人的来龙去脉，这家庄院已关闭了大门，偌大的空场上连一个人影也没有了。

岳飞找了一位老者问了才知道，原来这个白袍小将竟是天波府杨家的后人，叫杨再兴。他的先人被奸臣陷害，随母亲在黄泽岸边筑了一处庄院隐居，平日深居简出，从不张扬招事。今日杨老夫人外出，杨再兴正巧碰上王贵、张显兄弟。杨再兴年纪虽小，却武艺高强，王贵、张显

哪里是他的对手。刚才喝退杨再兴的正是他的母亲，如若不然，杨再兴不见输赢是绝不肯住手的。

岳飞听了，暗暗称赞。后来，岳飞曾三次来会杨再兴，要结识这位小英雄。因杨再兴已回京城，无缘再会。直到岳飞统率岳家军，才在战场上收服了杨再兴。

邺城寻叔

岳飞的父亲岳和还有一个弟弟叫岳睦，岳飞出生那年，黄河决口发大水，铺天盖地的黄河巨浪，把岳家庄连人带物尽数席卷而去。全村人死的死，伤的伤，仅有几位侥幸逃得性命的人，也因家乡的田园被冲成汪洋大泽而无法回乡。那年，岳睦全家也被大水冲得无影无踪了。岳飞的母亲虽也几次托人回汤阴岳家庄打听岳家人的下落，但都没有打听到岳家人的音信。随着岁月的流逝，黄河改道东去，岳家庄一带村庄逃荒在外的人，也陆续回家整修田地，重建家园。岳飞的母亲听人说，岳睦曾回家寻找过亲人，她急忙托人去找，却未能找到，只是听人说岳睦现在在邺城居住。

一日，岳母姚氏把岳飞叫到近前，流着眼泪说:“你父亲有个弟弟，生你那年，大水把全村人都冲走了，你的父亲和叔叔一家人多年没有下落。现在听说你的叔叔在邺城居住，娘想让你去邺城寻找你的叔叔。可是因你年纪尚小，没出过远门，娘又放心不下……”岳飞不等娘说完，就抢过话说：“娘，邺城离内黄不远，孩儿愿去邺城寻找叔叔。”

第二天，岳母打点好行囊，亲自写了一封信，准备打发岳飞去邺城寻叔。可是，王贵、张显、汤怀几个小兄弟听说岳飞要出远门，到邺城寻找叔叔，也非要跟去不可。岳飞只好禀明了三位员外，各自带了盘缠，四人一同往邺城而去。

邺城本是曹魏故都，后经后赵、冉魏、前燕、东魏、北齐数个朝代的修建，成为我国北方一座重要的都市。后来，随着政治经济中心的转移，邺城虽然还留有许多名胜古迹，但早已失去了往日的风采。

岳飞按照母亲提供的住址，很快找到叔叔岳睦家。岳睦叔叔家在邺城南门里一个小巷里。岳睦不在家，家里只有婶婶和岳翱（áo）、岳翻两个弟弟。婶婶听说岳飞是自己失散多年的侄子，喜出望外，忙打发岳翱、岳翻去街上店铺请爹爹回来。岳睦听岳飞叙述了自己的身世，果然是自己的亲侄子，不禁悲喜交加，抱住岳飞痛哭失声。

叔叔岳睦说，岳飞是哥哥岳和的老来子，哥嫂老年得子，十分高兴，孩子大满月那天，哥嫂请了街坊邻居大摆宴席，不承想夜里黄河突然决口，睡梦中的岳睦被浑浊的巨浪推着冲出村庄，幸亏抱住了一根檩条，才没有被淹死。后来，岳睦被冲到一处高岸，回头寻找家人，但哪里还有人影，他的妻子和一子一女均被大水夺去了生命。

大水过后，岳睦曾多次打听哥嫂和小侄子的下落，均因岳家庄已成

淼淼一片大水，得不到半点音信。后来，岳睦只身来到邺城，一家店铺的韩老板收留了他。韩老板见岳睦老成勤快，就把自己的女儿许配给他。夫妻俩恩恩爱爱，不久生了两个儿子，长子叫岳翱，次子叫岳翻，一家四口过得倒也舒心。前年，韩老板夫妇相继过世，岳睦就和妻子韩氏接过店铺经营杂货。

岳睦和岳飞各自说了大水以后的家事。岳飞重又拜见了婶婶，岳翱、岳翻也拜见了哥哥岳飞和王贵、张显、汤怀诸位同伴。

叔叔岳睦见岳飞到来，非常高兴，他放下店铺的生意，陪着岳飞和几个小兄弟，在邺城观看了三国曹魏兴建的金虎台、铜雀台和冰井台。岳飞见三台犹在，一代枭雄曹操却只留下一片荒冢。想当年曹操在铜雀台召集群僚吟诗作赋，何等荣耀风光，转眼间却烟消云散。

岳飞在邺城住了几日，怕母亲与师父惦念，又怕耽搁时日误了学业，执意要回内黄麒麟村。岳翱、岳翻哥俩与岳飞哥哥玩得熟了，也想和哥哥一同回麒麟村。岳睦便与妻子韩氏准备好衣帽行囊，还有给嫂嫂打制的一副银镯，送孩子们一同回麒麟村。

后来，岳翱、岳翻兄弟二人在岳飞的指导下，学会了十八般武艺。岳飞统率岳家军抗金，岳翱、岳翻也跟着哥哥成了一员抗金将领。但岳翻在与杨再兴的交锋中，被杨再兴一枪刺死，成了历史的一桩悬案。岳翱在岳飞被害后，曾混迹于民间。岳飞昭雪后，岳翱已老，朝廷赐官经略使，不久老死于任上，此是后话。

亳城论剑

岳飞在内黄县校场比武夺魁回来，岳父李春送了他一匹青鬃白马，他之前在沥泉井又夺得了一杆丈八沥泉神枪，心中十分得意。岳飞有了宝马神枪，又思量着配造一把好剑，只是麒麟村远离都城闹市，在乡间僻壤哪里打造得出上等好剑。他听人说，内黄县东南有座古镇亳城，镇上有许多兵器店铺，集市上也常有好的佩剑宝刀出售。一日，岳飞禀告了母亲、师父，带着王贵、张显、汤怀，直奔亳城而来。

亳城本是殷商旧都，如今虽已没有了往日都城的雄伟，却仍然是商贾云集、贸易繁华的大集镇。小兄弟几个在集镇上转悠了半天，观看了几家刀铺剑市，竟没有找到中意的刀剑。王贵、张显跑得性急，有些不耐烦了。岳飞连劝带哄，又走了几家店铺，在圆觉寺边，果然有一家好的店铺。店铺里摆满了各式各样的刀枪剑戟、弓弩箭镞，件件都是上等精品。张显、王贵、汤怀见了喜不自胜，各自挑选了一把快刀利剑。岳飞试试这口刀，摸摸那柄剑，却没有十分满意的。店铺老板是一位四十多岁的老者，他见岳飞挑选了半日，竟没有选中一把剑，就向岳飞问道：“这位客官，我看您挑选了半日，不知可有中意的？”岳飞说：“您这里的刀剑尽是精良的刀剑，可是并不适合我用。我要的是在战场上拼杀冲锋时用的兵器，不需要这些中看不中用的饰物。”

店主见岳飞气度不凡，不觉有几分敬意，问道：“请问客官尊姓大名？”岳飞说：“我是汤阴县岳家庄人，从小被大水冲漂到内黄县麒麟村，我叫岳飞。”店主人忙施礼道：“失敬，失敬，原来是内黄县乡试的武魁岳鹏举。”说罢竟关了店铺，领着岳飞一行出了集市，进了一座古朴庄严的大家宅院。这宅院背靠土山高岭，面临一溪流水，四周尽是香竹花卉、低柳垂杨，院内更是青石铺路，曲径蜿蜒，典雅幽静。

中年店主让岳飞等坐在客厅里喝茶，自己进入内院，一会儿抱出一把宝剑来，对岳飞说：“在下姓张，名元道，先祖本是大唐开国功臣郯国公张公谨，我家世居在此。先祖曾留下一把镇宅宝剑，世代荫传，后因我家改文弃武，祖宗留下遗训：‘此剑当赠识者英豪。’今见岳英雄出言豪壮，如能说出此剑来由，我就赠送给你，分文不取。”岳飞听张元道如此说来，就接过宝剑，轻轻抽出剑鞘，果然剑锋森森，寒气逼人。岳飞走出客厅，在庭院里舞了一会儿，闻得剑风铮铮，似龙吟凤鸣一般。

岳飞又仔细看了看，把剑重新插入鞘内，不慌不忙地说道：“我听师父讲过，凡是宝剑，皆能吹毛断发，削铁如泥，上山能杀熊虎，入海可

斩蛟龙。古传宝剑，贵者有龙泉、太阿、青釭（gāng）、倚天、湛卢、盘郢（yǐng）、干将、莫邪、鱼肠、巨阙（què）、鹿卢等世间罕物。龙泉、太阿是晋人张华见斗、牛二星之间有一道紫气，循气脉赶到斗城掘地三尺得此宝剑。湛卢、盘郢、鱼肠、巨阙剑，皆是春秋时候欧冶子所铸。战国时候，英雄专诸曾用‘鱼肠剑’刺杀吴王僚。‘鹿卢’是秦始皇的佩剑。‘青釭’‘倚天’曾为三国曹操所佩戴。在长坂坡大战时，蜀将赵子龙大战曹兵，曹操的侄子夏侯恩偷偷背着曹操的‘青釭’剑，趁机抢掠财宝，正遇上赵子龙，被赵子龙一枪刺死，夺得了‘青釭’剑。赵子龙用这把宝剑砍杀了多个曹操的将官，在万马军中救出幼主阿斗，保住了刘备的一丝血脉。这把剑柄上刻有‘青釭’二字，可见果是此剑了。”

张元道见岳飞说得头头是道，不住点头称赞岳飞，说：“岳英雄果然通晓古今，自古‘红粉送佳人，宝剑赠英雄’，既然岳英雄能说出此剑的来历，遵照祖训，这把宝剑理当赠送给岳英雄。”岳飞急忙推辞，说：“此剑价值连城，又是尊府家传镇宅之宝，岳飞一介小生，又与贵府素无往来，受此宝剑，实在是不敢当。”张元道再三申明，他是遵照祖训赠剑，执意要送。岳飞见张元道诚心送剑，只得收下了宝剑。

后来，青釭宝剑一直随岳飞南征北战，在抗金战场上斩杀了无数金兵，立下了许多功劳。岳飞屈死风波亭后，万俟卨（mò qí xiè）将此剑据为己有。南宋灭亡，此剑流落民间。这是后话。

王贵探地穴

岳飞得了“青釭”宝剑，非常高兴。他辞别了张元道，见天气尚早，觉得这里环境幽雅，风光宜人，就与王贵、张显、汤怀三位小兄弟，在花径竹丛中骑马游耍。

正玩耍得高兴，前面慌慌张张跑来几个人，吵吵嚷嚷地说：“不好了，地陷了！不好了，地陷了！”

岳飞拦住一个人，那人说：“前边地陷了，露出一个洞穴，深不见底，好不吓人。”

王贵是个爱看热闹的人，没等那人说明白，早已快马加鞭，朝前边赶去了。岳飞与张显、汤怀见王贵先走了，也尾随前去。

跑了三四里路，他们来到一座古庙前，果然有许多人围着一个地洞在看。王贵分开众人，只见一个阴森森、黑黝黝的洞穴，里面冒着霭霭雾气，深不可测。

众人说："昨天夜里下了一场大雨，忽听天塌地陷般一声巨响，村人都说是地陷了，夜里不敢出门。早晨起来一看，原来是这里陷了一个地穴。"有人说这是神洞，有人说这是鬼穴，叽叽喳喳，吵嚷个不停。

王贵是个猎奇探胜的好手。他见众人说得神奇，越发想看个究竟。他请村人找来了一个箩筐和绳索，自己点燃了一个火把，坐进箩筐，请岳飞、张显、汤怀放绳索下去。下到洞底，王贵跳出箩筐一看，洞底十分宽大。他举起火把，照照四壁，原来左旁还有一个洞口。他顺着洞口进去，隧洞平滑整齐，如同人间胡同一般。走了一会儿，隧洞变得宽敞起来，而且前面又透出了光亮。再往前走，前面竟是一座古庙，庙门朱红鲜亮，两边站着许多不知名的巨鸟怪兽，个个张牙舞爪，似欲与人搏斗。王贵正待进门，忽有一物迎面扑来，王贵一惊，急忙闪身躲过，仔细一看，原来是一只巨大的黑蜘蛛。王贵挥刀斩断了黑蜘蛛的巨腿，黑蜘蛛化作一股青烟不见了。

王贵进了庙堂，见庙堂里塑着一座红脸长髯的神像，牌位上写着"大唐开国公马三保之灵位"。王贵平时不怎么读书，也不知道马三保是何许人，只觉得这里有趣好玩，就绕着庙堂观看。他见站立在马三保旁边的一位神人，手持一把金刀，金刀金光闪闪，耀人眼目。他夺过金刀，玩耍了一番，觉得比自己打造的那把人刀好用多了，他便撤了自己的大刀，换上了这把金刀。

玩了一会儿，王贵没了兴致，就又循原路跑回洞口。岳飞等人把王

贵拽出洞穴，见王贵得了一把金刀，正要仔细问他洞中详情，忽听得一声巨响，洞口已封死了。

原来这是神人安排送王贵一把金刀，让他跟随岳飞南征北战。王贵用这把金刀冲锋陷阵，多立奇功，后官至岳家军的副统帅，这是后话。

据说，这座地穴就是如今亳城乡刘次范村东侧商中宗陵墓附近的跑马洞。当地老人常说：跑马洞是个神洞，平时洞口紧闭，洞开时常有金马驹、银马驹跑出来，在殷王庙前吃草。一个外乡人听说这里有个神洞，在这里住了三年。一天夜里，他见金马驹跑出神洞吃草，就去捉金马驹。金马驹见有人来，赶紧跑回洞中，那个外乡人追进洞里，结果洞口封住了，那个外乡人也被闷死在洞里头了。

大兴寺张显挨打

麒麟村南边不远处有一个热闹去处，叫大兴寺。这里的寺院高大雄伟，佛塔耸入云端，僧尼人数众多，信徒多方云集。据说，这里曾是盛唐时高僧释一行讲经修行的寺院。每年三月初三至三月二十三是古庙会，方圆百余里的善男信女、商贾小贩，推车的，挑担的，骑马的，坐轿的，从四面八方络绎不绝地会聚到这里。这时候，寺前寺后更是人山人海，热闹非凡。

阳春三月，正是农村春耕春种大忙的时候，岳飞放下习武读书的功课，忙着帮母亲耕种田地。他嘱咐王贵、张显、汤怀几个小兄弟要尽心练武，不可调皮胡闹。开始几日，他们三个倒也安分老实，可是没过多久，王贵第一个不耐烦起来。他说："张显、汤怀二位贤弟，咱岳飞哥哥忙着帮伯母种地，不能领我们学文练武，真是闷煞人也。"

张显也附和着说："是啊，这几天把我憋闷死了。"

王贵说："二位贤弟，我听说大兴寺正逢庙会，那里有杂耍，有大戏，好不热闹，我们兄弟三人何不去那里玩耍一会儿。"

张显听了，立刻手舞足蹈起来，连声赞道："哥哥说得是。我也听人说大兴寺好玩得很，平时只是跟着岳飞哥哥练武读书，今日岳飞哥哥不在，我们哥儿仨正好去那里玩个痛快。"

汤怀听了也非常赞同，说："咱们还是告诉岳飞哥哥一声，省得大哥惦念。"

张显说："不要告诉他了！他知道了，又要说我们荒废学业，拦着不让咱们去了。"

王贵说："张显贤弟说得对，咱们还是不要告诉岳大哥。明日一早，我们各自带好盘缠，自顾去玩耍便是了。"

第二天，王贵、张显、汤怀都穿戴整齐，每人骑着一匹骏马，佩着宝剑，谎称到河边练武，一溜烟儿向大兴寺的方向跑去。

这一日，天高气爽，风和日丽，兄弟三人一路说说笑笑，不到一个时辰，就赶到了大兴寺。

大兴寺坐落在故黄河岸边，整个寺院掩映在高大的古柏劲松和翠柳绿槐之中。寺院坐北向南，寺院的大门富丽堂皇，庄严古朴，钟鼓楼上不时传出沉闷的钟鼓声。大兴寺院里院外到处烟雾缭绕。路街两旁更是人声鼎沸，拥挤非常。

兄弟三个对寺院不甚感兴趣。他们找了一座马庵，让小二拴好了马匹，便兴致勃勃地游逛起来。

寺院的前面是一座用彩棚扎起来的戏楼。他们驻足看了一会儿，咿咿呀呀的唱词，一句也没听懂。寺院的东面有玩猴上竿的马戏团，王贵、张显、汤怀看了一会儿，也觉得没什么意思。故黄河堤岸边排了一溜皮影戏，有的演《薛仁贵西征》，有的演《三英战吕布》，他们三个这里瞧瞧，那里看看，热闹了一阵，也索然无味起来。

日到中午，兄弟三个见依树傍水的地方有一座小酒店，便进去拣了个雅间坐了。他们叫店小二切了五斤牛肉，烧了三条黄河鲤鱼，要了一坛老酒，吆三呼六地大吃大喝起来。

正吃喝得高兴，张显忽然捧着肚子嚷着要出恭，他出了店铺，一溜小跑，往一个小树林奔去。

约莫过了一个时辰，王贵、汤怀早已吃得酒足饭饱，还不见张显回来。兄弟两个正要出门找他，张显却双手抱着脑袋，慌慌张张地跑了回来。只见他浑身上下沾满了泥土，头发散乱着，一条腿还一瘸一拐的。

王贵搀扶张显坐下，汤怀端来了一盆水，帮他擦洗掉脸上的泥土。张显喘了一阵粗气，才说出了他挨打的原委。

原来，张显去小树林里出恭，回来的时候，忽然听见小树林深处有人打斗的声音。张显本是习武之人，听到有练武的就想看个究竟。他循着声音往前走，密林深处原来有一片空地，空地的周围有一道低矮的土墙，土墙内的空地上有两个紫衣少年在练习武艺。张显见他们打得热闹，不觉叫出声来。两个少年见有人偷看，同时高声骂道：“哪里来的野人？

敢在这里偷学俺们兄弟的武艺。”

张显见他们二人出言不逊，也回骂道：“乳臭未干的小毛孩，敢来骂你爷爷，看我过去教训你们两个娃娃。”说罢，他一跃跳过土墙，直朝两个少年扑来。那两个少年见张显来得凶猛，忙各抢了一条棍棒，双双向张显打去。

张显原以为凭着自己的武艺，三拳两脚就能制服两个少年，谁知一交手，竟被他们两个弄得手忙脚乱起来。不一会儿，竟被人家打翻了几个跟头，他的左脚还被一个少年扫了一棍，差点断了骨头。要不是后来一个老者出来喝住了两个少年，张显不知还要吃多少苦头呢。

王贵、汤怀听了张显的叙说，不觉哈哈大笑起来。

正说着，忽听酒店外有人问：“刚才是否有一位小官人往这里头来了？”张显探头一看，说话的正是刚才喝止两个少年的老者。张显觉得丢了面子，忙缩着身子不肯出来。

王贵和汤怀见张显不肯露面，忙出来答应道：“老丈有何吩咐？”

老者道：“刚才两个犬子冒犯了小官人，老夫特来向那位小官人赔礼道歉。”说着，让一个家丁送上一套衣裳，还带着那两个少年过来向张显赔礼。

王贵、汤怀见老者诚心诚意，也忙推着张显上前答礼。王贵说：“我这位兄弟也是个莽撞人，请老伯多多包涵。”汤怀过来，扶老者坐下，又推张显过去向老者施礼。

他们谈论了一会儿，老者从王贵、汤怀的口中得知，他们三个都是

周侗的徒弟，不觉肃然起敬。老丈说，他姓骆，叫骆敬然，是城南骆家庄人，骆家原是内黄县的望族，后来经过历代南迁，骆家几乎断姓。他的两个儿子是双胞胎，一个叫骆炳勋，一个叫骆炳辉，今年十三岁。骆敬然见两个孩子不肯学文，就在大兴寺旁边租了一处房子，让两个孩子在大兴寺做了俗家弟子学习武艺。不想今日遇到了周侗的三位高徒，还望以后几位对两个孩子多加指点提携。

王贵兄弟三人见老者十分和善有礼，便都学着岳飞哥哥的样子，装得斯文起来，对老者一迭声地直喊老伯。后来，老者听说他们还有个同门师兄叫岳飞，武艺十分了得，心下非常倾慕，就让他们一定要请岳飞来见面赐教。

不想后来金兵马踏中原，骆敬然在骆家庄筑寨抗金，金兵破寨屠村，骆敬然自刎身亡。骆炳勋、骆炳辉兄弟二人愤而投奔岳家军。这是后话。

义葬周侗

岳飞与李春的女儿李娃成亲以后，小两口夫妻恩爱。李娃从小死了母亲，岳母待她像待亲生女儿一样好，李娃对婆婆也像对亲娘一样孝顺，婆媳俩相处融洽，小日子虽然清苦，可是过得很幸福。有了夫人李氏与母亲姚氏做伴，岳飞没了后顾之忧，更是全力精心习武，刻苦读书。

一日，岳飞与众兄弟在周侗老师的带领下，在王贵家的后花园练习武艺。岳飞练了一路枪，王贵耍了一趟刀，张显、汤怀各演习了棍棒戟剑。周侗见徒儿们个个英姿卓俊，禁不住接过岳飞手中的长剑，脱掉长袍，在花园里舞起剑来。周侗本是东京有名的武师教官，剑术无人可比。他舞动长剑，先是像漫天飞雪飘飘起舞，后似疾风暴雨呼呼有声，舞到精妙时候，竟只有团团白光，不见人的身影。徒儿们纷纷叫好。

周侗已七十有九，年岁大了，与徒儿们演练了一天，有些疲乏，便

早早睡了。第二天早起，他觉得头沉腿软。周侗以为是昨日累了，休息一两日便会好。谁知过了三五日，身体越发沉重起来。岳飞等请了大夫，看了也不见好转。内黄县令李春知道了，派大夫为周侗诊治也不见好转。岳飞见师父的病情一天比一天沉重，整日衣不解带地守着师父。

一天，周侗把岳飞叫到近前，说："老夫以前虽然教授了许许多多的徒弟，可是一个个不是被奸贼所害，就是被佞臣逼得远走他乡。到老了，我本不愿再收徒儿，可是，我见你骨骼清奇，相貌不凡，长大必能成为国家栋梁，因此收你为闭门弟子，并把老夫平生所学全部传授给你。现在，你跟我学了将近十年，文韬武略比你的师兄们都高一筹。老夫老了，这次生病可能是为师寿限已到。"

说到这里，周侗已是老泪纵横。停顿了一会儿，周侗长长地叹了一口气，缓缓地说："岳飞徒儿，为师有一事相商，不知徒儿可愿意？"

岳飞说："师父吩咐，徒儿一定遵命。不知师父有何事相托？"

周侗说："老夫一生虽然有两个儿子，可是都早早战死在了沙场，至今孑然一身。咱们师徒情同父子，可毕竟不能父子相称，请徒儿与你母亲商量商量，能否让为师认你为义子？"

岳飞早已把周侗当成亲人孝敬，不等周侗说完，岳飞就"扑通"跪倒在周侗床前，说："义父在上，请受孩儿一拜。"

岳飞认周侗为义父，对其伺候得更加细心。怎奈周侗年纪大了，不几日竟不治而逝。岳飞痛哭一场，和张显、王贵、汤怀一起，在麒麟村靠河边拣了一块高地，把周侗葬了，岳飞以义子身份为周侗守墓三年。

牛皋劫路

牛皋是岳飞的一员爱将，在抗击金兵的战争中打了很多胜仗，立了无数功劳。牛皋是河南鲁山人，岳飞是河北相州人，两人相隔很远。他是怎样与岳飞认识的呢？这里还有一段离奇的故事。

牛皋从小死了父亲，与母亲相依为命。牛皋的母亲怕孤儿寡母受人欺负，很早就让牛皋投师学武。长大以后，牛皋性情粗鲁，脾气暴躁，在家经常与别人家的孩子打架。因他力大无穷，孩子们常常被他打得鼻青脸肿。牛皋的母亲为此没少替牛皋赔不是。

牛皋虽然性情暴躁，对学武却十分用心。为学到真本事，他在方圆百里拜投了无数个师父。后来，他听说北京大名府有个叫周侗的人武艺高强，他教出的徒弟个个都响当当的，就变卖了家财，用车推着母亲到大名府投拜周侗学武艺。到了大名府一打听，才知道周侗早已到内黄县去了。这样，牛皋又用车推着母亲赶往内黄。

牛皋家本来就不太富裕，出来时带的盘缠不多，在路上折腾了几趟，到了内黄，盘缠早就花得干干净净。牛皋想，我是出来投师学艺的，见了师父两手空空，没个见面礼也不好看。所以，牛皋就把母亲安顿在一座破庙里，自己提着双锏，在一处黑槐林里当起了劫路贼。

也算牛皋时运不济，一连等了几天，也没有劫着一桩大买卖，一些过路行人倒被他吓坏了。张显、王贵、汤怀知道了，就偷偷地拿着家伙去黑槐林找劫路贼打架，不想他们三个不是牛皋的对手，没几个回合，张显、王贵就都被牛皋打得趴在了地上。汤怀见张显、王贵不是劫路贼的对手，急忙跑回去找岳飞救人。

自从周侗死了以后，岳飞十分伤心，他在师父的墓前搭建了一个窝棚，每天晚上都睡在窝棚里为师父守墓。岳飞刚刚为师父上过供，烧了香，忽然见汤怀慌慌张张地跑来，急忙迎上去问他何事。汤怀也不说话，拉着岳飞就往黑槐林那里跑。到了黑槐林一看，张显、王贵两人满脸是灰，正趴在地上直喘粗气，路边站着一位金刚似的黑脸大汉，手提双锏正逼着王贵、张显要钱财呢！

岳飞见牛皋黑塔似的壮实，知道是个英雄，遂上前对牛皋说："好汉，被你打倒的两个是穷人，没有油水，你把他们放了。我身上带了无数的财宝，我给你钱财。"牛皋果然把王贵、张显放了，然后走到岳飞跟前说："这位大哥仗义，借个钱给兄弟花花。"

岳飞说："我身上有的是金银财宝，我本想给你，可我有个小哥哥不

愿意！”

牛皋说：“哪个小哥哥？”

岳飞操起沥泉神枪说：“就是这个小哥哥不愿意！”

牛皋知道上了岳飞的当，不觉大怒，舞起双锏向岳飞冲来。岳飞挺枪相迎，两人在黑槐林里大战起来。战了三五回合，岳飞故意露了个破绽，牛皋举锏猛扑过来，岳飞掉转枪头，用枪杆照准牛皋的后腿横扫过去。牛皋站立不稳，一下子蹲坐在地上。不待牛皋爬起来，岳飞已走上前去，双手搀起了他，说：“我看兄弟是位英雄，不知为何流落此处？”

牛皋羞愧满面，见岳飞诚意相问，只好把原委说了，自己本来是去北京大名府投师周侗，后听说周侗来了内黄，又从大名府来到内黄寻师，只因盘缠用尽，投师又没有见面礼，为此才在黑槐林劫路。岳飞听牛皋说他到处寻找周侗拜师，不禁流下泪来，说：“周侗本是我的义父，现已病殁（mò）了！”牛皋听说周侗已死，自己推着母亲长途跋涉，千辛万苦地寻师学艺，好不容易才寻找到周侗的踪迹，谁知他竟然死了。想到此处，牛皋不禁放声大哭起来。岳飞也跟着流泪。

岳飞见牛皋憨直可爱，又同是武林中人，有心让牛皋留下来，与张显、王贵、汤怀几个兄弟一起切磋武艺，便问牛皋如何打算，牛皋也觉得无路可去，经过岳飞与三位小兄弟的挽留，牛皋就接来母亲，与岳飞一家三口同住在麒麟村。

李二青和张二青

李二青是岳飞的夫人李氏的堂弟，张二青和李二青是一起长大的好朋友，李二青喊李氏姐姐，张二青也叫她姐姐。李二青和张二青从小就有一股子蛮力，长大了更是力大无穷。过去三头壮牛才能拉动的四轮大车，他们一个人就能拉起来飞跑；碾米用的石碾子，足有八九百斤，他俩轮流抢着转圈玩。有一年，他俩去白马县赶庙会，一路上两人走得又热又渴。待走到城边一个打麦场边，一大群人在一棵大柳树下围着一口水井打水喝。两个人在井旁等了很久，喝水的人走了一拨又一拨，就是不让他俩喝水。张二青和李二青急了，两人跑到打麦场里，每人抱来一个大石磙，拨开正在井边打水喝的村人，把两个大石磙对顶着放在井口上，把井口堵得严严实实。

张二青说："你们这帮鸟人不让俺喝水，俺让你们谁也喝不成。"

村里几个年轻人见两个莽汉用石磙把水井堵上了，跑到打麦场里，操起白拉叉，就来打张二青和李二青。张二青和李二青一阵拳打脚踢，把几个年轻人打得东躺一个、西趴一个，一个个躺在地上直叫唤。

内黄县校场比武，张二青和李二青也去了。可是，因为他俩不是内黄县人，没有资格参加比赛，只能当观众看热闹。那天，他俩见麒麟村考生岳飞校场夺魁，后来又被堂叔李春县令招为快婿，两人都为姐姐李娃高兴。

姐姐李娃嫁给岳飞以后，张二青和李二青一直想到麒麟村看看姐姐和姐夫岳飞。一天，李二青和张二青也不告诉家人，一大早起来就直奔麒麟村而来。

张二青和李二青的家是白马县河道村，这里去内黄县麒麟村有四五十里路。两人又不识路，走到御河边，已是满天星斗，日沉西天了。

在御河边，他俩找了一家小酒店，每人打了两角酒，要了四个小菜，借着河边的月光对饮起来。两角酒下肚，引起了酒兴，每人又要了两角酒，不一会儿，又要了两角。不知不觉间，两人都喝得晕晕乎乎，钱也花光了。

他俩乘摆渡过了御河，对面就是麒麟村。可是等他俩下了船，一摸口袋，没钱了。船家要船钱，两人也不说话，起身便走。船家拉住张二青的衣袖不让走。张二青使劲一挣，衣袖竟被船家撕拽了下来。张二青大怒，抬起一脚把船家踢倒在地。船家疼得趴在地上嗷嗷大哭起来。

离渡口不远处正是岳固堆（周侗墓）。岳飞与牛皋、王贵、张显、汤怀几位小兄弟，正在周侗墓前的一片空地上，趁着月光演练武艺。听见有人哭喊，牛皋和王贵拿起家伙就向哭喊的方向跑去。岳飞怕牛皋、王贵莽撞出事，随后也和汤怀、张显跟去。到了渡口，牛皋和王贵已经和张二青、李二青打在了一起。岳飞见张二青和李二青虽然武功套路不精，却身强力大、动作灵活，牛皋和王贵还一时战他俩不下。岳飞知道牛皋、王贵性情鲁莽，万一伤了对方，还得向人家赔不是，遂上前喝住牛皋、王贵。

张二青和李二青正无法招架时，见又来了三个精壮的少年，觉得今天非栽了不可。正无计可施时，为首的那个秀气少年竟喝退了同伙，遂也跳到圈外。

岳飞问张二青和李二青是做什么的，张二青和李二青说是来寻找姐夫岳飞的，不想过河时钱已花光了，并把前因后果向岳飞叙述了一遍。岳飞见是两位妻弟，掏钱给了船家船钱，带着张二青和李二青还有一帮小兄弟回到了岳固堆的窝棚。

后来，张二青和李二青随岳飞抗金，岳飞见他俩力大无穷，就让他们当火头军，行军打仗时保护后勤锱重，为岳家军抗金北伐立下了无数功劳。

黄泥岗缉盗

旧内黄县城东二十里有一道黄泥岗，据说这里曾是《水浒传》中晁盖、吴用等梁山好汉“智取生辰纲”的地方。过去，黄泥岗沙丘延绵，密林遮日，杂草丛生，是强盗长期出没的地方。宋徽宗末年，这里又来了三位英雄占据了黄泥岗，为首的叫吉青，另外两位兄弟一个叫吴伦，一个叫裘瑞。兄弟三人召集了几十名喽啰兵，在这一带打家劫舍。县令李春多次派捕快去捉拿，结果都被吉青打得落荒而逃。

岳飞知道了这件事，就带着牛皋、王贵、张显、汤怀一帮小兄弟，请缨去捉拿黄泥岗强盗。李春非常高兴，派人准备了一顿丰盛的酒宴，让一帮小英雄尽情吃了一顿。第二天，岳飞和弟兄们带着县衙里几十个捕快，一同往黄泥岗而来。黄泥岗离内黄县城有五十多里。岳飞一行来到黄泥岗，只见黄泥岗上扎着一座营寨，寨门前有几个喽啰兵，有的拿

枪，有的舞刀，人人横眉竖眼，个个面目狰狞。

牛皋、王贵纵马来到寨前，高声断喝："呔，大胆的强盗，快快通报你们的贼头，就说岳爷爷带领天兵到此，让他们快来投降！若敢说半个不字，俺就踏平你们的山寨，活捉你们的贼头，然后把你们一个个开膛破肚，摘肝剜心，剁成肉泥。"喽啰们听了，慌忙跑进山寨通报去了。

不大一会儿，只听一声炮响，呼啦啦冲出一队人马，为首的正是吉青、吴伦和裘瑞。吉青骑一匹乌骓马，使一柄三股托天叉，头扎雉鸡翎，好一副凶神恶煞相。只见他摆开队伍，像打雷似的喊道："哪里来的鸟人？敢来爷爷寨前撒野，快与我拿命来。"说罢，举起三股托天叉，旋风一样直向牛皋冲来。牛皋见来了一个黑大汉，也不答话，举起双锏与吉青战在一起。

吴伦见吉青久战牛皋不下，举刀纵马前来助战，这厢王贵也催马舞刀迎战吴伦。裘瑞看得兴起，挥动着乌金大棍冲下山岗，张显挺枪接着，也战在一处。

在黄泥岗吉青的山寨前，牛皋与吉青、王贵与吴伦、张显与裘瑞三对英雄，从上午一直大战到下午，谁也不肯罢战休息。战了一日，夜间岳飞与四位兄弟商量道："吉青这伙强盗武艺高强，白天他们没有取胜，夜间保不准会来我们这里劫营，我们何不设计擒拿他们。"岳飞如此这般交代一番，牛皋、王贵、张显、汤怀他们依计而行。

到了四更时分，岳飞还掌灯坐在大帐里看书，果然吉青带着吴伦、裘瑞前来劫营。他们远远地看见岳飞独自一人还在帐里看书，就一声呐喊，向大营冲来。谁知刚冲到大帐前，“扑通、扑通”都掉到了陷马坑里，牛皋、王贵、张显、汤怀从四面埋伏的地方带人过来，把吉青等三人一起捆绑起来。众喽啰见头领被捉，都四散逃走了。

牛皋等把三位首领推到岳飞的大帐，岳飞忙为三位解开了绑绳，并让三位坐下喝水。吉青等先是沉默不语，后来见岳飞至诚相待，就把如何落草劫路的经过从头说了一遍。原来吉青和吴伦、裘瑞都是穷苦出身，因生活所困，家里都早年死了父母，被迫无奈才占据黄泥岗，学梁山好汉杀富济贫。岳飞说:“现在国家正在用人之际，我岳父在内黄做官，你们何不去县衙帮他捉贼。”

第二日，岳飞带吉青、吴伦、裘瑞去见岳父李春，县令李春见他们三人武艺高强，又是贤婿岳飞推荐来的，也愿意收留他们。这样，吉青、吴伦、裘瑞就留在了内黄，成了内黄县的捕快衙役。

后来，岳飞统率岳家军抗金，吉青、吴伦、裘瑞都投奔岳家军，成了岳飞的部将。岳飞被昏君宋高宗和奸贼秦桧害死以后，三人又结伴回到内黄县。内黄县城东北原是岳家军的东、西两个牧马场，这里水清草茂，土地肥沃。吉青他们到了这里以后，一是怕秦桧派人来追杀岳飞的亲人部卒，二是怕金兵捉拿岳家军的部将。为了避开世人耳目，就与吴伦、裘瑞商量，取吉姓“士”字为头，取吴姓“口”字居中，取裘“衣”字居下，合成一个“袁”字，从此三兄弟都改为“袁”姓，把原来的“东牧马场”和“西牧马场”也改为“东马上”和“西马上”。

系马槐的故事

内黄城里过去有一棵古老的大槐树，据说是当年岳飞的系马槐。岳飞在内黄县比武夺魁招亲以后，第二年要去东京汴梁参加武科考试。可是，因为家里穷，没有一匹好马当坐骑。岳飞义释吉青、吴伦、裘瑞以后，他去县城的次数也多了。一天，岳飞与吉青、吴伦、裘瑞等在一家酒馆饮酒，忽听一阵洪亮的马嘶，岳飞侧耳听了很久，便问吉青："兄弟，墙外是何人家？为何有马嘶叫？"吉青说是县衙的马厩，还说："前些时日，李县令派人从北地运来一批战马送往京城，还有几匹马没有送走。"

岳飞听了，拉起吉青就直奔县衙。见了岳父李春，岳飞把自己想要一匹战马的念头告诉了李春。李春也早有心思为贤婿买一匹坐骑，好去进京比武，可一直没有好马相送。李春带着岳飞去马厩相马，岳飞摸摸这匹，看看那匹，都觉得不甚满意。

这时，隔壁又传来刚才听到的马嘶声。岳飞连说："好马、好马！"

李春说："贤婿未见此马，如何知道是好马？"

岳飞说："好马嘶鸣声音洪亮，穿透力强，这样的马必然力大，所以说是好马。"

李春说："贤婿说得不错，此马确实力大，见人就乱咬乱踢。前日我曾派人把此马送给东京禁军，可那里竟无人能降得住它，把它与其他马匹喂养在一起，又被它踢伤了许多马，因此，此马被退回内黄。如贤婿能降得住它，就送给你当坐骑了。"

李春叫人打开厩门。岳飞见厩内只有一匹马被拴在院内的一棵老槐树上。由于多日草料不济，再加上往返京城没有喂养照料，此马已浑身沾满了灰尘，分不清颜色了。

岳飞走近，那马又要踢咬，早被岳飞左手勒住缰绳，腾出右手照着马的前肋狠狠打了几拳。那马被打得浑身乱抖，再也不敢乱动。岳飞到河边把马冲洗梳刷了一番，洗掉灰尘、梳好长毛的马浑身雪白，鬃毛紫青。岳飞把马牵走，精心喂养了几日，马起了膘，像白龙一般，身高有五尺上下，身长一丈开外，行走不疾不徐，两头见日，能行千里。岳飞觉得此马好似唐僧取经骑的白龙马，遂取名为青鬃白龙马。

岳飞自得了青鬃白龙马，每次来内黄县，他都把青鬃白龙马拴在后院的那棵老槐树上。后来，岳飞骑着青鬃白龙马，拿着沥泉神枪，为大宋抗金杀敌、南征北战。岳飞被秦桧害死以后，内黄县的人为纪念岳飞，就把那棵老槐树叫作"岳飞系马槐"，并立碑纪事，以示怀念。

枪挑小梁王

岳飞得了岳父李春赠送的青鬃白龙马以后，心情十分好，在周侗墓旁的御河大堤上，岳飞与牛皋、张显、王贵、汤怀等一帮小兄弟，经常天不亮就起身，在御河滩跑马射箭、练习武艺。后来，人们就把这段河道叫作“岳飞跑马埂”。

秋高气爽的金秋，东京汴梁开武科考场，岳飞与几个小兄弟收拾停当，一齐去东京赶考。岳父李春怕岳飞年少，又是第一次去京城，就托在京城做官的堂兄，找了当主考官的宗泽，并写信给宗泽推荐岳飞。宗泽见岳飞相貌堂堂，谈吐大方，而且文韬武略对答如流。尤其当他得知岳飞是周侗的关门弟子时，心里对岳飞已十分喜欢。末了，宗泽叹了口气，对岳飞说:“老夫觉得你是国家栋梁之材，可惜今年怕是夺不得状元。”岳飞忙问为什么，宗泽把云南小梁王要夺今科状元的事说了，并说丞相张邦昌已经把状元许给了小梁王。岳飞听了，心情十分沮丧。

宗泽见岳飞叹气，忙安慰他说：“虽然张邦昌把状元许给了小梁王，可是我和另一位主考官张所都不同意，科场比武一定得进行。到时候你只管尽情放胆考试，有老夫为你做主，夺得状元，自然归你！”

武场开科以比武为主，文考只是陪衬。武考一场一场比试，岳飞每次都是夺魁，可他从开场到收场，竟一直没有见过什么“小梁王”。

到了最末一场，岳飞才见到“小梁王”。原来，“小梁王”前几场考试都没有参加，等到最后“点”状元这场比试，他才出来。他觉得有丞相张邦昌在，这科状元他是手到擒来，不会有什么意外。可是，当他与岳飞比试的时候，见岳飞并不肯相让。跑马射箭，小梁王虽然箭箭中靶，可岳飞却左右开弓，箭箭射中红心，比小梁王技高一筹。比试十八般兵器，小梁王虽然样样精通，可每样都没有岳飞使得娴熟。比阵法韬略，岳飞更是滔滔不绝，举一反三，小梁王哪里是他的对手。最后，小梁王急了，要到校场与岳飞比试刀枪。岳飞见小梁王要与自己真刀真枪地比，知道有张邦昌为小梁王做主，假如小梁王砍死自己，自己是白白送死，假如弄伤了小梁王，自己也脱不了干系。所以，岳飞不肯与小梁王比试。

小梁王以为岳飞害怕了，就扬扬自得地要张邦昌和其他几位主考官点他“状元”。

这时，岳飞走到几位主考官前施礼说道：“开科取士是为国家挑选人才，全国的举子多年苦练学习武艺，还不是为了挣个出身，为国家效力？这样不比就点王爷为状元，怕天下举子不服！”

小梁王见岳飞挡道，就怒道："你敢和我比吗？"

岳飞说："岳飞敢比！只是要立下'生死状'，岳飞才敢与王爷比试！"

小梁王大怒道："'生死状'而已，立就立。"说罢就唰唰写了"生死状"。岳飞见小梁王写了"生死状"，自己也写了"生死状"。小梁王把岳飞写的"生死状"交给张邦昌收下，岳飞却把小梁王写的"生死状"交给了宗泽保存。

校场上，小梁王使一把大刀，岳飞使一条沥泉银枪。小梁王刀刀紧逼，恨不得一刀砍了岳飞。岳飞步步退让，但不留一点破绽。杀了三十多个回合，并不见输赢胜败。小梁王见岳飞不敢还手，越发狠了，举刀直往岳飞要害处猛砍。岳飞被逼急了，见小梁王又举刀向自己的面门劈来，遂用神枪拨开刀头，又顺势一枪刺在小梁王的咽喉，小梁王当场摔下马来死了。

岳飞刺死了小梁王，张邦昌和小梁王带来的护卫要捉拿岳飞，被宗泽和张所保护起来。张所和宗泽见岳飞一枪挑死了小梁王，知道这次武科没法再进行了，就偷偷放走了岳飞。

结义施全

岳飞在东京汴梁一枪挑死了小梁王，主考官张邦昌要杀岳飞为小梁王报仇，宗泽不许，放走了岳飞。岳飞与牛皋等出了东京，他们害怕官兵追赶，不敢走近路，而是出了西门，一路向西，朝太行山方向跑去。他们跑了一天一夜，累得人困马乏，就找了个小店休息了一夜，第二天继续赶路。因为哥几个都没有出过远门，这次又是怕被人追赶慌不择路，进了太行山，他们竟然都迷路了。他们翻过一座山，越过一道岭，一座山比一座山高，一道岭比一道岭险。

几个人在山里行走了一日，愈见得山高路险。兄弟几个正在懊恼，忽然见前面山道上一路跑来十几个人，汤怀上前拦住问道:“前面是什么去处？”那些人慌慌张张地说:“客官快跑罢，前面有几个劫路的山大王，好生厉害。”说罢，挣脱身子往远处跑了。汤怀、王贵、牛皋、张显等听说前面有劫路的山大王，心想正好去杀几个强盗解解闷，也不等岳飞说话，就催马往前奔去。岳飞见几个兄弟往前边去了，也只好快马加鞭跟上。

来到一座更高更险的大山前，只见无数个强盗，正拖着一大堆抢来的财物往山寨里搬。

牛皋飞马上前，大声喝道："强盗，弄来的财物给俺一半！"

一个青面獠牙的山大王见牛皋来得凶猛，手舞一柄狼牙棒，催动青鬃马，接着和牛皋在山寨前大战起来。汤怀见牛皋与山大王大战了三十余回合，不分胜负，便催马上前助战。对面山寨里也冲下来一个红脸大汉，手抡一把大刀，迎着汤怀大战起来。张显见汤怀与那人战了个平手，也催动坐骑上来。对阵跑下来一匹红马，上坐一红衣大汉，手持钢枪，按着张显厮杀。王贵看得火起，也大喝一声，挥刀冲入阵来。山寨上又冲下一匹黄骠马，一个黄脸长须的山大王，手托三股托天叉，接住王贵人战。

岳飞见兄弟四个与四个强盗在山前大战，八条好汉走马灯似的，杀了多时不分输赢。岳飞不知山寨还有多少个强盗，怕四个兄弟莽撞出事，也双腿一踹蹬，催马上前助战。未曾行前几步，只听山寨上鸾铃声响，随着疾驰的马蹄声，一人戴一顶烂银头盔，穿一身白铠银甲，坐一匹雪白战马，手执一杆方天画戟，大喝一声："我来也！"不分青红皂白，朝岳飞处挺枪便刺。岳飞见那人来得鲁莽，也不搭话，举动沥泉神枪，与白衣大王在山前大战起来。

战了七八个回合，那人哪里抵得过岳飞的神枪，遂把马一拍，逃出圈外，叫道："少歇，我有话问你。"

岳飞说："壮士请讲！"

那人说："我见你有些面善，不知客官姓甚名谁？"

岳飞答道："俺是内黄县的举子岳飞，刚刚从东京校场比武回来！"

那人说："莫不是枪挑小梁王的岳鹏举？"

岳飞说："正是在下！"

那人听了，撤下画戟，滚鞍下马，连忙施礼道："一时认不出，多多得罪了。"

岳飞说："好汉不必客气，不知壮士何时认识在下？"

那人转身高声叫道："兄弟们，不要打了，过来说话！"八人正战得难解难分，听得有人叫，便都跳出圈外。只见那人手指岳飞说道："这位就是在东京枪挑小梁王的岳飞，岳壮士！"四位山大王听了，都下马上前施礼。岳飞也叫牛皋等过来施礼说话。

那人说道："俺叫施全，使刀的叫赵云，使枪的叫周青，拿叉的叫梁兴，用狼牙棒的叫李进。我们兄弟五人是结义的弟兄，因世道不济，我们五人在此结寨聚义。前时，我们兄弟五人去东京参加武场比武，只因岳大哥一枪挑死了小梁王，散了武场，我们又回到了山寨。不想在此碰到了大哥！"

说罢，施全请岳飞等上山，在聚义厅摆酒设宴招待众位英雄。席间，施全、周青、赵云、梁兴、李进要与岳飞等结义，岳飞见他们个个忠义

诚厚，侠肝义胆，就与他们摆香案，叙庚日，磕头结为兄弟。

住了几日，岳飞要回麒麟村，施全等执意要随岳飞下山，岳飞不许，说：“麒麟村村小寨矮，人多了反倒不便，不如留几位兄弟在山寨聚义练兵，以后为国家出力。”施全最后只得留下赵云、周青、梁兴、李进四位兄弟守护山寨，自己跟随岳飞去了麒麟村。

后来，岳飞在河北抗金，施全召集旧部归顺岳飞，成为岳家军的重要力量，转战大河南北，屡建奇功。

回归故里

岳飞一时年少气盛，一枪挑死了小梁王，虽然被宗泽、张所以有“生死状”为由放了，但岳飞回到内黄，把校场比武刺死小梁王的事告诉了岳父李春，李春也说此事他做得太过莽撞。果然，没多久，张邦昌听说岳飞是内黄县令李春的女婿，就下令免去了李春的县令职务。李春临走前告诉岳飞：“我去以后，已无人可以照顾你们母子，贤婿不如回汤阴故里居住，一来可以避开小梁王余党的追杀，二来回老家后乡里乡亲可以相互照应。”

岳飞见岳父说得在理，就与母亲、妻子商量，打点行囊回汤阴老家。

由于当年黄河发大水，岳家庄正处在洪水激流处，岳家的土地庄院全被黄河水冲成了大洼，虽然十几年过去了，但至今仍然是一个洼泽。老家无处安身，岳飞只好投奔离岳家庄不远的程岗村姑姑家。

牛皋、张显、王贵、汤怀见岳飞要走，也要跟他一起去汤阴。张、王、汤三位员外见几个小兄弟难舍难分，也希望他们以后能跟着岳飞长点出息，就出钱在汤阴县程岗村买了上百亩良田，建造了几处庄院，让他们跟着岳飞一块儿居住。后来有人把王贵他们的籍贯当作汤阴，是误把王贵等人的居住地当成籍贯了。

岳飞择了个吉日，与牛皋、王贵、张显、汤怀收拾停当起程。内黄县麒麟村离汤阴县程岗村本来只有一天路程。可是由于人多物重，行动不便，一天的路程只好分作两天走。当天夜里，他们宿在两县交界的一座破庙里。

当地有一伙地痞流氓，为首的叫陶金旺，他们长年吃喝嫖赌，钱花光了就东抢西盗，拦路抢劫。这日，他们见岳飞一行有十多辆大车，满载着无数的货物，陶金旺就纠集他那一伙狐朋狗友跟踪而来。到了夜半，趁大家熟睡的时候，冲进庙里抢劫财物，不想碰上了几个阎王，牛皋、王贵几个见有强盗来抢东西，手起刀落，把几个先进到庙里的强盗砍死，陶金旺也被王贵用刀砍掉了脑袋。后面的几个见首领都被人砍死了，知道不是对手，都一哄而散地跑了。

岳飞回到老家以后，与叔叔岳睦共同整理了家园。不久，宋金战争爆发，宋朝的两个皇帝被金兵掳走，宋徽宗的第九个儿子赵构在相州（今安阳市）招兵抗金，岳飞与牛皋、王贵、张显、汤怀一同投军。以后，岳飞率岳家军抗击金兵，把金兵打得闻风丧胆。

智平剧盗

岳飞在东京刺死了小梁王，武状元没有夺得，差点被奸相张邦昌捉住砍了脑袋，还连累岳父李春也丢了官。岳飞见朝廷奸臣当道，自己空有宏远的志气和冲天的本领，也不能为国效力。回到家乡，岳飞便与义弟牛皋、王贵、施全、张显、汤怀等，日夜研读兵书，操练武艺。

一日，汤阴县令徐仁托人捎来书信，说河北西路安抚使刘韐（gé）在相州招募敢战士，他与刘安抚使有些交往，特举荐岳飞前去应募。岳飞兄弟几个按照徐知县的指引，来到相州，刘安抚使见岳飞体魄雄壮，又有徐知县保举，就让岳飞当了一名小队长。

相州城外有一股剧盗，为首的一个叫陶俊，一个叫贾进，陶俊身长八尺，头如楼斗，虬髯蓬发，面如锅底，骑一匹乌黑炭马，使一口铁臂大砍刀，有万夫不当之勇。二寨主贾进双手使两柄短戟，自称“赛太史慈”，也是武艺高强。他们手下有一千多个喽啰兵，个个凶神恶煞，能征善战。他们占据了一座山寨，日常攻村夺寨，打家劫舍，抢掠官府，祸害百姓。官军曾多次派兵围剿征讨，每次都被陶俊、贾进打得落花流水，狼狈逃回。

岳飞当了小队长，要求前去捉拿剧盗。刘安抚使见岳飞主动请缨，也有心试试他的本领如何，就让岳飞率领两百多名敢战士，前去捉拿陶俊、贾进，自己则率部接应。

岳飞接受了剿贼任务，回到营寨与牛皋、王贵、施全等商量，说：“陶俊、贾进人多势众，而且占据的山寨易守难攻，我们必须出奇兵方能胜他。”他把自己的队伍分成三队，一队由王贵、施全率领，一队由自己和汤怀率领，一队由牛皋、张显率领。岳飞吩咐王贵、施全率领三十多人作为前队先行，他们全假扮成过路客商，每人推一辆独轮小车，车上装着红枣、花生、丝绸之类的货物，“吱吱呀呀”地故意行走在剧盗山寨前的小路上。贾进见有客商经过，又见有许多货物，就带领喽啰兵冲下山寨，把王贵、施全他们全部掳进了山寨。王贵、施全说：“我们推的都是魏州大户的货物，如今被大王劫上了山寨，小的们回去后定会受到重重的责罚。我们回去反正也是活受罪，不如跟随大王在山寨快活。”陶俊、贾进见王贵、施全年轻精明，就留他二人做了亲随，把其他三十多人也都编入了山寨的队伍。

王贵、施全做了剧盗的亲随，岳飞攻打山寨有了内应，遂实施第二步计划。他命牛皋、张显率领一百多人，在离贼寨不远处的一座山岭里

埋伏下来，自己和汤怀率领五十余人前去山寨挑战，引贼首下山擒他。

陶俊、贾进听探报说山下来了一个叫岳飞的年轻人，只带了几十个人，觉得十分好笑。陶俊说：“前日辛苦贤弟，今日待哥哥下山把岳飞擒来便是。”说罢，他带领一队喽啰兵冲下山来。到了阵前，陶俊用马鞭指着岳飞喝道：“官府来过多少大队人马，都被杀得七零八落，你一个小毛孩子带了几个不中用的小兵就来与俺对抗，简直是找死！”

岳飞并不答话，举枪照陶俊便刺。陶俊见岳飞来得凶猛，也挥动铁臂大砍刀与岳飞战起来。两人战了五十余回合，岳飞见陶俊果然武艺高强，在山寨前不便擒拿，便虚晃一枪，拨转马头往后便走。陶俊见岳飞败走，催马紧紧追来，一边追一边大呼：“小毛孩，哪里走！”岳飞跑过山头，转身又战。两人战了七八回合，牛皋、张显率伏兵突然冲杀过来。陶俊见有伏兵，稍一慌神，就被岳飞一枪刺于马下，伏兵一拥上前，把陶俊绑缚起来。陶俊带来的喽啰兵见大王被捉，也都跪地投降。

捉了陶俊，岳飞让几个投降的喽啰兵回寨报信，说陶大王已捉了岳飞。贾进听了，急忙带着王贵、施全外出迎接。贾进刚出寨门，就被王贵背后一刀砍下了马。岳飞见王贵、施全得手，挥师杀入山寨。众喽啰兵见两个大王一个被捉，一个被杀，山寨没了头领，全都四散跑了。

岳飞用两百多人就平了剧盗，刘安抚使十分赞赏岳飞，遂把岳飞的功绩记下，并呈文表奏岳飞为承信郎。可刘安抚使不久被调离相州，岳飞所在的“敢战士”队也解散了，他的承信郎一职也成了一纸空文。

箭射飞贼

河北西路安抚使刘韐对岳飞非常赏识，岳飞平定了陶俊、贾进，刘安抚使打报告准备提升岳飞为承信郎。可是没多久，朝廷把刘安抚使调走了，岳飞所在的部队“敢战士”，因为不是正规部队，随着刘安抚使的调离也解散了。刘安抚使在临行前把岳飞推荐给相州衙门，让岳飞做相州书院“昼锦堂”的保卫工作。

昼锦堂是宋代三朝宰相韩琦任相州知州时在州署后院修建的一座堂舍。韩琦据《汉书·项籍传》“富贵不归故乡，如衣锦夜行”之句，反其意而用之，故名“昼锦堂”。昼锦堂和拜殿顶覆绿色琉璃瓦沿边和中心点缀，古朴典雅，堂后为忘机楼，东有狎鸥亭，西有观鱼轩，中有鱼池康乐园，后为书楼。昼锦堂记事碑由大文学家欧阳修撰文，大书法家、礼部侍郎蔡襄书丹，记述三朝名相韩琦的事迹。

昼锦堂当时为全国四大书院之一，藏有大量古今书籍，岳飞便一边在昼锦堂执勤巡逻，一边如饥似渴地阅读经史古籍。

韩府在北宋年间是享誉河北甚至闻名全国的簪缨之家。韩琦历任宋仁宗、宋英宗、宋神宗三朝宰相，韩琦的长子韩忠彦是宋徽宗崇宁年间的宰相，韩琦的六儿子韩嘉彦是宋神宗的女婿，韩忠彦的儿子韩治又是三朝重臣文彦博的孙女婿，韩治的女儿嫁给了当朝宰相郑居正的儿子郑仁年，郑仁年的母亲王氏又是新科状元王仲山（秦桧岳父）的胞姐。另外，韩琦、韩治和韩治的儿子韩肖胄祖孙三代都在相州衙门当过知州。这样一座世代官宦之家的韩府，经过几代人的营造，已十分豪华壮丽，府内更藏有无数奇珍异宝。用富可敌国来形容韩府，也毫不夸张。

这几日，韩府却忽然连续遭到飞贼的盗窃，先是韩琦留下的“九龙玉杯”被盗，稍后，皇帝赏给驸马韩嘉彦的玛瑙珊瑚树，也让飞贼窃走了。韩府虽然豢养了许多护院高手，却连盗贼的踪影也没见到。有人说，盗贼来无影，去无踪，会飞檐走壁；有人说，盗贼戴着一顶“避发冠”，会障眼法；更有人说得玄乎，说盗贼是仙魔降世，会七十二般变化。总之，韩府上上下下，闹得沸沸扬扬，人人惊恐不安。

韩府被盗，惊动了相州衙门。知州为增强韩府的护院力量，把岳飞等人也派去韩府捉拿盗贼。为了加强防范，岳飞与王贵、牛皋、张显、汤怀、施全等日夜巡逻，不敢有一丝懈怠。

这样过了数月，韩府竟然风平浪静，盗贼也销声匿迹，了无踪影。岳飞与众兄弟白天习武读书，夜晚则轮流值班。

一日夜晚，岳飞正秉烛读书，忽听有人叫了声“有贼”。岳飞闻声跳出门外，携弓持剑飞向后院。来到后院，见施全与一个身穿夜行衣的贼人在屋脊上挥剑恶斗。岳飞学的是马上拼杀的本领，不擅长腾飞攀檐的轻功，他见施全与盗贼在房顶上打斗，自己无法上去，就招呼众护院前来擒拿飞贼。飞贼与施全一人拼杀尚觉得吃力，听到有人来，便向施全虚晃一剑，转身就跑。岳飞见盗贼一道黑影蹿越房脊飞驰而去，便张开铁臂神弓，搭箭朝飞贼射去，只听“哎呀”一声，飞贼栽下房来。众人赶来一看，利箭正中飞贼的咽喉，飞贼当场毙命。

原来此飞贼不是别人，正是相州人人谈之色变的采花大盗张超。飞贼张超不仅会飞檐走壁，有绝世轻功，而且有一套易容变相的本领，他常常扮成白面书生去富贵人家，专门勾引人家的闺中少女和权贵少妇，勾引上手后又顺便盗窃他们家的贵重财物。所以，他盗财劫色从不失手。前时韩府失盗，正是飞贼张超易容装扮成韩府家丁混进府中，等夜深人静时盗窃了宝物，所以，韩府上下人等并不曾发现盗贼。张超见韩府防范不严，准备再入韩府盗窃，可是由于岳飞等人的到来，韩府加紧了盘查，飞贼张超无法得逞。常言道:“人心不足。”飞贼张超知道韩府珍宝无数，再说有了两次入韩府作案的经验，对韩府内院已轻车熟路，虽知道危险，还是冒险再次行窃。谁知道他刚踏进韩府，便被夜间巡逻的施全发现了。偏偏施全也是轻功盖世的武林高手，飞贼张超碰上施全是他时运不济，被岳飞神箭射死，也是他死有余辜、罪有应得。

硬探金营

靖康元年，金军大举进攻中原，左路元帅完颜粘罕（汉名宗翰）率军自云中（今大同）南下围太原，右路元帅完颜斡离不（汉名宗望）率兵直取燕山府（今北京）。燕山府守将郭药师不战而降，并充当前锋进军北宋首都汴京开封。宋钦宗是一个毫无主见的懦弱皇帝，他被穷凶极恶的金兵铁蹄吓破了胆。见金军兵临城下，他便慌忙与金帅完颜斡离不订立城下之盟，答应割让太原、中山（今河北定州市）和河涧三府给金国，并向金国奉献大批金银财宝。

宋朝皇帝虽然不思抵抗，可是许多州郡将士却不肯俯首投降，在河北的相州、真定、平定及河东太原一线，还在浴血奋战，拼死抵抗。

太原是宋金战争最惨烈的战场。为支援抗战，岳飞所在的相州宋军也闻讯准备派兵增援。

大军未行，张所元帅派岳飞率领一百多名骑兵先行武装侦探，宋时称为“硬探”。岳飞等奉命轻装往西进发。当他们行至山西寿阳附近时，突然与一支金兵相遇。岳飞命小分队隐藏在山林里，待金兵顺着山脚下的大道走到山林附近时，岳飞骑着青鬃白龙马，手提沥泉神枪，率先冲入敌阵。金兵见宋军突然从天而降，队伍顿时大乱。岳飞率领一百多名骑兵战士，横冲直闯，砍杀了许多金兵。岳飞望见一名骑着枣红马的金将，领着十余名金兵正向山口跑去，便取下铁臂神弓，搭上雕翎利箭，向他后脑射去，那名金将应弦落马，随行的十余名金兵也被岳飞手下的骑兵追上全部杀死。剩下的金兵见主帅被射杀，纷纷夺路逃窜。

金兵溃散逃跑了，岳飞命令兵士们把被杀死的金兵的衣服、兵器全都收拢起来。正在打扫战场时，只见王贵押过来一个金兵小头目，他一边走还一边用鞭子抽打，那个金兵小头目疼得“哇呀呀”地直叫。

岳飞见王贵捉了个俘虏，很高兴。王贵说：“这个家伙很滑头，他见他们的人被杀的杀，砍的砍，便丢掉坐骑，脱了盔甲，钻进树林里，要往山上跑。我见他要逃，也弃了马，提刀追赶。跑了很远，才追上了他。不想捉住他以后，他光‘哇啦哇啦’地乱叫，我一句也听不懂。于是，我就把他弄到这儿来了。”

岳飞见王贵说了许多，虽有些前言不搭后语，但意思已说得很明白。岳飞在当“敢战士”的时候，曾与金兵朝夕相处，那时候，他跟金国士兵学会了金国的语言。他用金国话审问那个金兵小头目，金兵小头目见岳飞懂他们金国的语言，不敢隐瞒，遂把他知道的情况告诉了岳飞。他

说，他们是左路元帅完颜粘罕的后勤部队，他们的头目叫扎木哈，今天刚把押运的粮草运送到寿阳军营。他们主帅说，宋朝的兵将全都是怕死鬼，谁也不敢与他们大金国打仗。想不到我们在这里碰上你们这些天兵神将，扎木哈被你一箭射死，其他人也被你们杀死了大半，真是碰上了对头。他还说，金兵为防止宋军偷袭营寨，日夜加紧巡逻，白天有白天的口令，夜间有夜间的暗语，遇到可疑的人，格杀勿论。

岳飞审问明白，让王贵把俘虏看押起来，王贵带俘虏走出不远，却一刀把俘虏砍了。岳飞见王贵砍杀那个金兵小头目，责备了他几句。

岳飞的侦察小分队来到太原外围的榆次，果然见金兵修筑了无数的工事、兵营，在兵营附近不时有金兵往来巡逻，防守十分严密。

为了探听敌营虚实，岳飞命令小分队全部换上金兵的服装，按照金兵巡逻的样子，混入金营驻地进行武装侦察。他们一边行走，一边记画地图标志。他们遇到金兵的巡逻队或者击刁斗的金兵，都是岳飞上前用金国的语言答话。金兵见他们的服装、语言与自己无二，而且口令、暗语全对，就放松了警惕，岳飞等也就能从容地对金营进行详细的侦察。

岳飞等在金营侦察多时，直到把金营的兵力部署、大小营寨侦察得一清二楚，才带着骑兵战士返回宋营。张所元帅见岳飞圆满完成任务胜利归来，非常高兴，决定马上起兵增援太原。张所元帅刚要点兵，忽然军报传来，太原守城二百五十多天，守城将士粮尽力竭，几十万居民大部分饿死，太原城已失陷敌手，张所元帅只好作罢。

夜战李固渡

宋钦宗的九弟康王赵构奉命渡过黄河前往金营求和，走到河北磁州城，被老将宗泽劝阻，回到相州。宋钦宗封赵构为河北兵马大元帅，各路勤王之师及地方乡勇、义军迅速聚其麾下，赵构将其编为五军。岳飞与牛皋、王贵等一班小英雄也前去投军，他们的部队被编为前军。

这年闰十一月，汴京开封被金国右路元帅完颜斡离不（宗望）大军围困，宋钦宗派使者下书让赵构火速救援。岳飞奉命带领五百名骑兵为开路先锋，先行夺取黄河渡口李固渡。

李固渡（今河北魏县东）是金兵南征的一个重要渡口，在这里有一千多名金兵把守，守将是金国平章黑熊大王。

岳飞受命，连夜整顿兵马，冒着纷飞的大雪，率部往李固渡进发。

这年冬天，天气十分寒冷。连日的大雪，把华北平原覆盖成一望无际的银装世界；怒号的北风，把奔腾不息的万里黄河封冻成一条苍色长龙。岳飞率领五百名骑兵战士，像一团奔驰的旋风，趁着茫茫黑夜，猛然扑向李固渡渡口。

李固渡守将黑熊大王身高八尺，膀阔腰圆，黑脸红须，满头鬈发，真的就像一头凶猛的大黑熊。他手使一柄三百斤重的狼牙棒，骑一匹翻卷长毛的黑色卷毛追风马，有万夫不当之勇，是完颜斡离不元帅手下一名勇猛善战的骁将。完颜斡离不长驱孤军南下，留黑熊大王在此把守渡口，以防被宋兵切断归路。黑熊大王仗着武艺高强，全然不把宋兵放在眼里。近日，黑熊大王从大名府抢来一个美貌姑娘，天天与美人在大帐里饮酒作乐，守卫渡口的军士见黑熊大王整日里花天酒地，也都放松了守护渡口的任务，整日吃喝玩乐，乐得自在逍遥。

黑熊大王拥抱着美人刚刚入睡，猛然听见帐外人马嘶叫，喊杀阵阵。黑风大王忙推开美人，跨上黑色卷毛追风马，手提狼牙棒，凶神恶煞地冲出营寨，正与岳飞打个照面。黑熊大王见岳飞白马银枪，身穿白盔白甲，在白雪的映照下，好似天神下凡一般。

黑熊大王醉眼看着岳飞，大声喝道："呔，哪里来的娃娃，敢来偷俺营寨！快快报上姓名，免得落个无名之鬼！"

岳飞说："我是河北大元帅帐下先锋岳飞，奉命夺你黄河渡口，识相的就快快让出李固渡！"

黑熊大王见岳飞年纪不大，口气却不小，气得"哇哇"怪叫起来。他舞起狼牙棒，催动黑色卷毛追风马，恶狠狠地向岳飞扑来。岳飞见黑

熊大王来势凶猛，也双脚一夹蹬，举起沥泉神枪，与黑熊大王战在一起。

黑熊大王黑人黑马黑铁棒，在黑夜里如同一团黑色旋风；岳飞白衣白马白沥泉，在茫茫白雪的映照下，如翱翔翻飞的银鹭。两人你来我往，在黄河岸边大战三十余回合。两人一黑一白，搅作一团，真是将遇良才，棋逢对手。王贵见岳飞与黑熊大王战了多时不分上下，一拍座下的枣红马，舞刀来助岳飞。金兵阵上一个青脸将官，也举起方天画戟，飞马过来，与王贵战在一起。

岳飞见黑熊大王艺高力大，双手舞动着那条狼牙棒“呼呼”作响，怕一时不能取胜，便想用计胜他。两人再打照面，岳飞故意虚晃一枪，然后拨马便走。黑熊大王见岳飞败退，催马舞棒随后赶来。看着追到岳飞的马尾，岳飞左手使枪往黑熊大王左肋刺去。黑熊大王见岳飞枪来得快，忙用狼牙棒遮挡，不小心右边露出空隙，岳飞右手抽出青釭宝剑，照着黑熊大王的后脑勺砍去，只听“咔嚓”一声，黑熊大王的脑袋像一个黑毛葫芦，骨碌碌滚落在了雪地上。

正与王贵大战的那个青脸将官，见黑熊大王被岳飞一剑砍下了脑袋，刚一分神，就被王贵斜肩一刀劈作两半。岳飞一挥手，他带来的五百名骑兵如虎狼一般，一齐冲进金营，像剁瓜切菜一样，把那些守渡口的金兵杀了个血流成河。

岳飞成功夺取了李固渡，大队宋军顺利地渡过了黄河。

箭射旗牌官

岳飞雪夜杀死黑熊大王，夺取了黄河渡口李固渡，赵构的五路大军顺利地渡过了黄河，直逼金兵大营开德府（今濮阳）。

河北兵马大元帅赵构有两位副元帅，一位是相州知州汪伯彦，另一位是磁州知州宗泽。岳飞原来隶属汪伯彦，他夜夺李固渡，震惊了元帅府。宗泽派人请岳飞来见，果然是在东京武场枪挑小梁王的贤契岳飞，宗泽很是高兴，便请求大元帅把岳飞拨归到自己帐下。

汴京被困，老将宗泽心急如焚，恨不得飞到开封，打退金兵，解救京城。五路大军渡过黄河，老将宗泽自任先锋官，带领勤王大军一路急行。

大军走到开德府，却被金国右路元帅完颜斡离不的大将金国四太子完颜兀术挡住了去路。老将宗泽在开德城下扎营下寨，与金兀术对垒排阵大战起来。

老将宗泽与金国四太子金兀术，在开德城下大战十三天，交战十三次，双方各有胜负。

一日，金国四太子在牟驼冈摆下一阵，名叫五方迷魂阵。老将宗泽带领儿子宗方以及岳飞、牛皋、王贵、张显、汤怀、施全等众位将官，站在营外的一座土山上登高瞭阵。宗泽说："金兀术这个五方迷魂阵十分厉害，我们必须分五路兵马方能破阵。"遂命牛皋率五百精卒，都穿黑衣，骑黑马，举黑旗，从正北方杀入；命王贵率五百名精兵，都穿红衣，骑红马，举红旗，从正南方杀入；命张显、汤怀率五百精兵，都穿黄衣，骑黄马，举黄旗，从西方杀入；命施全、宗方率五百名精兵，都穿褐衣，骑褐马，举褐旗，从西南方杀入；命岳飞率五百名精兵，都穿白衣，骑白马，举白旗，从东方杀入。五路兵马都要到敌阵中央的大旗会合，宗泽亲自在高山头上摇旗指挥。

五路精兵穿戴停当，随着宗泽一声令下，像五支利箭，直向敌阵插去。宗泽在高山头上挥动黑旗，牛皋的黑队骑兵像黑旋风一样东砍西杀；宗泽在高山头上挥动红旗，王贵的红队骑兵像一团火一样上下翻飞；宗泽在高山头上挥动黄旗，张显、汤怀的黄队骑兵像怒吼的狂风一样势不可当；宗泽在高山头上挥动褐旗，施全、宗方的褐队骑兵像一团雾瘴，有摧枯拉朽之势；宗泽在高山头上挥动白旗，岳飞的白队骑兵像一柄银剑，直插敌人心脏。五路骑兵在七位小将的率领下，在金兀术布下的五方迷魂阵中左冲右突，早把他的大阵冲得大乱起来。牛皋冲进阵中，正遇金兵番将粘木忽，牛皋用双锏把他拍成了肉饼；番将粘木罕与王贵对阵，被王贵一刀砍下了脑袋；张显与汤怀双双大战番将阿里西，张显用钩镰枪勾住了阿里西的盔甲，汤怀上前一刀把他劈为两半；施全、宗方进得阵来，碰上金兵守将阿里索，施全、宗方两支银枪把阿里索杀得手忙脚乱，稍不留神，被宗方一枪刺中大腿，施全复一枪挑下马来；岳飞从正中杀入，正遇金国四太子金兀术，金兀术舞动开山大斧，岳飞摆动沥泉神枪，一个如天蓬元帅下界，一个似二郎神君下凡，两人大战十余回合，不分上下。牛皋杀死了粘木忽，遥见岳飞与金兀术大战，便大吼道："岳飞哥哥，俺牛皋来帮你了！"王贵砍杀了粘木罕，也高喊一声："岳大哥，俺也来帮你！"金兀术战岳飞一人尚不能敌，见后边又来了一个黑煞神牛皋和一个关公样的王贵，哪里还招架得住。他见不能取胜，便虚晃一斧，往阵中跑去。岳飞、牛皋、王贵也不追赶，直往阵中央大旗处杀来。

正冲杀间，忽然阵中尘沙飞扬，迷雾茫茫，四面八方如有万马奔腾，五路骑兵左冲右突，竟不能会合在一起。

原来，金兀术败走后，慌忙跑到阵中，指挥变化阵法，要把岳飞等困在五方迷魂阵中。

岳飞在阵中冲撞了一阵，忽然发现敌阵中一左一右有两个高高的刁斗，刁斗上有两名执旗官，一个摇动一面杏黄大旗，另一个摇动一面紫色大旗。金兵大阵随着那两面大旗的摆动而不断变换阵形。岳飞他们冲向左边，左边的杏黄大旗摇动，大批金兵涌向左边；岳飞他们冲向右边，右边的紫色大旗摇动，大批金兵涌向右边。岳飞看得真切，便取出铁臂神弓，搭上利箭，望着两个执旗官，左右开弓，"嗖嗖"两箭，不偏不

倚，都射中两个执旗官的咽喉，两个执旗官连同他们摆动的两面大旗，同时从高高的刁斗上摔落到地上。

金兀术的大阵失去了执旗官的指挥，阵法不得变化。岳飞等五路精兵一齐冲杀起来，把一个“五方迷魂阵”搅得翻江倒海一般，霎时间把大阵冲得七零八落。

金兀术见自己的五方迷魂阵被岳飞破了，便急急忙忙带着残兵败将，逃回到开德府内，不敢出来了。

战曹州

岳飞在开德府破了金兀术的五方迷魂阵，逼得金兀术躲在城内不敢出来，赵构率元帅府勤王大军顺利跨过金军防线。过了开德，赵构把大军分为两路，一路由副元帅王伯彦率领，向东去东平；另一路由副元帅宗泽率领，向南进军援救开封。康王赵构则随东路大军去东平，过济州，去了应天府。

宗泽老将解救汴梁东京心切，亲率大军直指汴京，岳飞与众位小将为开路先锋。

隆冬腊月，天寒地冻，呼啸的北风吹打在脸上，像刀割一样疼。岳飞带领众位小英雄，不顾风疾路滑，不畏冰天雪地，逢山开路，遇河搭桥，一路疾行。

一天夜里，岳飞率骑兵先锋部队，绕过金兵大营，行至故黄河滩，

突然迎面来了一大队金国骑兵，纵横数路，黑压压地疯扑过来。面对穷凶极恶的金兵铁骑，岳飞毫不惊慌，他大声地激励部下说："敌骑虽众，但不知我军虚实，我们要趁其立脚未稳，勇敢出击，必能取胜。"说罢，他策马挺枪，勇敢地向敌阵冲去。牛皋、王贵、施全、张显、汤怀等众位小英雄及骑兵将士，也都呼喊着，挥刀向敌人冲杀过去。黑暗中，一员金将挥舞着大刀向岳飞砍来，岳飞摆动沥泉神枪，拨开刀锋，顺势一枪，正刺中金将的胸膛，奋力一吼，把那员金将扔出三丈多远。

金兵猛然遭到宋军的冲杀，不知道有多少兵将，又见主将被岳飞一枪刺死，队伍大乱。岳飞乘势指挥众位英雄一阵东砍西杀，把大队金兵杀得哭爹喊娘，纷纷夺路逃窜。

杀退金兵，岳飞率军避开金兵大营，沿故黄河滩东进。行走到曹州（今菏泽）附近，又与一支金军劲旅相遇。金兵铁骑远远看去，如一群黑压压的乌鸦，铺天盖地般迎面扑来。面对气势汹汹的劲敌，岳飞毫不示弱，决心拼死一战。狭路相逢勇者胜。为了行动便捷，岳飞卸掉身上的头盔衣甲，手提沥泉神枪，冒着飞蝗般的利箭，一马当先，杀入敌阵。岳飞一路高喊："宋将岳飞来也！"骑着马，马又高大；挺着枪，枪又锋利；逢人便挑，遇马便刺，耀武扬威，左冲右突，如入无人之境。岳飞身后，紧紧跟随着牛皋、王贵、张显、汤怀、施全等一班弟兄，他们也跟着岳飞大吼："宋将踹营来了！"跟着他们的八百名骑兵，也都齐声高喊："宋兵杀进来了！"八百名铁骑在岳飞的率领下，无不以一当十，八百人的怒吼，如同晴天霹雳。经过一场恶战，岳飞的八百名骑兵，把金军五千人大军杀得东奔西逃。

曹州府是金国元帅完颜斡离不的帅府大营，他见岳飞把他的五千精骑杀得狼狈大败，十分恼怒，率领众位平章、将校一万多人，要与岳飞决战。岳飞见金兵势大，禀告元帅宗泽，说："我引前军与金兵大战，请您在沙丘野洼边设下伏兵，咱们设计胜他。"宗泽按照岳飞计谋设下埋伏。岳飞带着八百精骑，左手持盾，右手挥刀，齐声吼叫着杀入敌阵。众将奋起神威，枪挑刀砍，杀得金兵尸堆满地，血流成河。斡离不见岳飞勇猛，便上马提锤，指挥金睛大王和银睛大王两员猛将，率众将一齐杀来，把岳飞围在了核心。

岳飞暗想："此番大战已激怒了金兵元帅，现在正好诈败逃走，引他们追来。"便把沥泉神枪一摆，喝道："进得来，出得去，方为好汉。"岳飞两腿把马一夹，呼啦啦冲出番营，带领众小将往后便跑。

斡离不大怒道："一个小南蛮拿他不住，如何进得中原，夺他宋室江山？"随即领着大军一路追来。岳飞在他们前面一路狂奔，金兵在后面漫天盖地地追赶。

斡离不正在追赶，猛听得一声炮响，震得山摇地动，宗泽横刀立马，指挥两万伏兵，用火箭、火枪和利箭飞弩，直向金兵打来。一刹那，烈焰腾空，烟雾乱滚，乱箭纷飞，喊杀震天，烧得那些金兵金将双目难睁，铁马骆驼胡蹦乱跳，几万金兵自相践踏，各自夺路逃生。

金睛大王和银睛大王保护着元帅斡离不，沿着一条蜿蜒小路，急急忙忙如丧家之犬往前逃去。行走到一片沙丘树林之间，忽听一声炮响，从沙丘密林里杀出一队人马，为首的正是岳飞。

金睛大王和银睛大王怕伤着元帅斡离不，两人同时挺刀来战岳飞。岳飞一条神枪，搅动起来如万朵梨花，一枪刺死了金睛大王。银睛大王见哥哥金睛大王被岳飞刺死，气得“哇哇”大叫，拼命舞刀向岳飞砍来，岳飞拨开他的大刀，还没等银睛大王回转过身，就顺势一枪，把银睛大王也刺于马下。

岳飞杀了金睛大王和银睛大王，再要追杀斡离不，他已逃得无影无踪了。

南京上皇帝书

岳飞跟随老将宗泽，一路东拼西杀，南征北战，虽然打了几次胜仗，但是他们的勤王军大部分精兵已随赵构东去济州，宗泽一军仅不足两万人，面对金国二十万大军的围追堵截，前去救援开封京城，无疑是非常困难的。

正当他们在曹州拼死大战的时候，赵构和汪伯彦、黄潜善却带领勤王军主力，越过济州，跑到南京商丘去了。不久，东京开封被粘罕、斡离不的大军攻陷，金军把北宋的两个皇帝徽宗和钦宗，连同宗室、后妃、宫女、百官、工匠等三千多人全部俘虏北去，朝廷储积的文物、图籍，京城的金帛、财货被洗劫一空。

东京陷落，皇帝被掳走，金军立张邦昌为傀儡皇帝，国号“大楚”。为对抗伪楚政权，赵构在商丘（南京）登基称帝，称高宗皇帝，改“靖康”为“建炎”，称商丘为“南京”。

赵构皇帝一面起用抗战派李纲为左相，另一面又任命主和派汪伯彦为右相，黄潜善为同知枢密院事（宋朝最高军事机构枢密院次长）。李纲主张抗金，收复失地，迎回二帝；汪、黄则主张与金军议和。在南宋王朝定都的问题上，抗战派主张回师汴京，议和派主张移师江南。在两派的激烈争斗中，高宗皇帝则站到了主和派那边，他亲手下了诏书：“京师未可往，当巡幸东南，为避敌之计。”

正当主战派与主和派争论不休的时候，岳飞被老将宗泽派去南京（商丘）勤王。岳飞本来对年轻的高宗皇帝寄予了很大的希望。可是，他听说朝廷准备放弃京师与河北南逃，非常失望。岳飞觉得这一切都是朝中大臣汪伯彦、黄潜善这伙人干的，是他们蒙蔽了皇帝。所以，他憋不住胸中的闷气，奋笔疾书，向高宗皇帝上了一道奏章，这就是著名的《南京上皇帝书》。

书中写道：陛下继承了皇位，百姓有了依靠，国家有了统帅，这样，金国灭亡我大宋朝的阴谋就粉碎了。现在东西南北各路的勤王大军都向京城会集过来，京城的御兵营也建立起来了，我们的力量越来越强大了。金军向来认为我们软弱可欺，打不过他们，我们应该趁敌人麻痹松懈的时候，去进攻他们，截住他们的退路。可是，黄潜善、汪伯彦这些人，不能领会皇帝您收复失地、迎回二帝的意图，却要您向南方逃走，还要您去西安、襄阳、扬州巡幸，这不是恢宏远大的谋略，而是一种苟且偷生的行迹，这样做，恐怕很难继承中原百姓的愿望。真的这样去做，纵

然将士们同心协力地去反击敌人，也不会有什么好的结果。为今之计，不如请陛下速还京师，收回往西安等三地巡幸的诏书，趁徽、钦二帝受辱未久、金军据地未固之际，皇帝您能亲统六军，渡河北上，那么，凭着您的天威所至，再加上将帅一心，士气高昂，中原失地指日可复，宋朝江山当然可固。

这篇奏章铿锵有力，它代表了广大人民和全体抗金将士的呼声。可是，这篇奏章没能上传到皇帝手中，却被投降派黄潜善和汪伯彦留中不发。他们两个见岳飞一个小小的偏将，竟敢指名道姓地辱骂朝廷大臣，就以“小臣越职，非所直言”的罪名，把岳飞革职并逐出军队，让他回家去了。

岳飞的一片报国忠心，非但没有得到奖励，反落了个革职除名的下场。他觉得十分伤心，便连老将宗泽也没去见上一面，就独自一人悄悄地离开部队回家去了。

岳母刺字

岳飞含愤回到家乡岳家庄，妻子李氏见丈夫心情不好，整日好言相劝，精心陪侍。母亲也晓以大义，让他好好读书，认真习武，有朝一日，定能忠心报国，为民出力。

岳飞虽然胸中憋气，但他看到河北家乡到处遭受金兵的烧杀抢掠，看到中原故土大片大片地沦入敌手，看到广大人民被迫流离失所，更加坚定了抗金杀敌的雄心壮志。他坚信有朝一日，国家定会用他。

徽、钦二帝被金国掳去不久，河北大地到处竖起了抗金义旗。后来，岳飞听说朝廷起用抗金派首领李纲为宰相，委任老将宗泽为东京留守，更加盼望早日投入到抗金的队伍中去。

一日，岳飞正与妻子李氏在家做事，忽有一个军汉送来一封书信。岳飞打开一看，竟是恩师宗泽老将的亲笔信。宗泽老将说：宰相李纲已举荐张所去河北相州招募新军。如今正是用人之际，希望贤契不要灰心丧气，要不计前嫌，去张所处投军，一展宏图。

岳飞见了宗泽的书信，马上拿给母亲、妻子看。母亲、妻子都鼓励岳飞去张所处投军。

岳飞的母亲姚氏是一位知书达理、深明大义的好母亲。她见锦绣河山被残暴的金兵铁蹄肆意践踏，百姓惨遭屠戮，便不顾自己年老多病的身体，鼓励儿子岳飞参军杀敌。她说："好男儿要以国家安危为重。娘虽然是女流之辈，可娘知道，有国才有家，懂得'国家兴亡，匹夫有责'的道理。现在，金兵大举南下，正是国家用人之际，我儿素有为国为民之志，今日正是你展翅高飞、报效国家的时候。希望我儿不必挂念母亲，不要惦念妻儿，要努力杀敌，保家卫国，为祖宗争光！"

临行前，母亲把岳飞叫到跟前，让儿媳李氏在堂屋正房摆下香案，放上祖宗牌位，示意岳飞跪下，说："我儿岳飞是个忠义之人，此去从军抗金，要励志杀敌，解救百姓于水火之中。我儿不论走到哪里都要谨守家训，不为富贵夺志，不为高官折腰。为使我儿永不忘记娘的教诲，为娘要在我儿的背上刺上'尽忠报国'四个字，望我儿做一个忠于国家、忠于百姓的好男儿。"

岳飞望着白发苍苍的老母，深为母亲的报国忠心和深明大义所感动。他当即脱去上衣，跪在岳氏祖宗的香案前，请母亲刺字。

岳飞的母亲命儿媳李氏端来笔砚，先在岳飞的脊背上书上"尽忠报国"四个大字，再拿来绣花银针要刺字。岳飞说："母亲慢来！孩儿平

盡忠報國

生敬佩三国关羽，他刮骨疗毒尚能谈笑风生，孩儿要在娘刺字的时候朗读《春秋》。”说着让妻子李氏取来《春秋》，翻开书页，高声朗诵。岳飞的母亲则随着岳飞铿锵顿挫的读书声，一针一针地挑刺下去。每刺一针，就滚出一个血球，母亲心疼儿子，眼泪也止不住一滴一滴地落在岳飞的脊背上。

银针刺字，针针见血，母亲虽然心疼儿子，但为了激励儿子报国为民，她一点儿也没手软。那一针针，不只刺在岳飞的肌肤上，更是刺在岳母的心头上。“尽忠报国”四个大字，成为岳飞杀敌的动力和力量的源泉。岳母为儿子刺完“尽忠报国”四个大字，岳飞也读了半部《春秋》。

刺完字，岳飞告别母亲和妻子，再次走向杀敌战场，成为一位著名的抗金英雄。

与张所论兵

金兵南下攻打中原，宋室朝廷中分为两派，一派是以宰相黄潜善和汪伯彦为首的主和派，另一派是以右相李纲和宗泽为首的主战派。河北沦陷，李纲力荐监察御史张所为河北路招抚使，积极招募新军，筹划粮饷，抗击金兵。

张所在河北素有威望，他在相州很快招募了大批抗金壮士，八字军首领王彦、抗金义士张翼、绿林英雄白安民等都先后集于张所麾下。张所招募了数万精兵，皇帝封他为河北抗金元帅。

张所元帅有一位幕僚叫赵九龄，岳飞在相州时认识了赵九龄。赵九龄很赏识岳飞的文韬武略，认为岳飞是一位将才。他见岳飞参加了新军，便竭力向张所推荐，说岳飞是一位不可多得的天下奇才。

一天，张所元帅把岳飞招到帐前，问岳飞："听说你在宗泽部下的时候勇冠三军，你认为自己能战胜多少敌人？”

岳飞说：“光凭武功高强和敢于冲锋陷阵是不行的。打仗，首先要有谋略，这关系到战争的胜负。作为一个统领军队的将帅，不怕不勇敢，就怕无谋略。现在有些将领，都说自己勇敢善战，武艺高强，可是，临战之时，却没有周密的作战计划，打起仗来，怎么会取得胜利呢？所以说，打仗的时候，运用谋略获取胜利是上策，凭武力取得成功是次策。古时候，晋国的栾枝，用兵车拖拉树枝扬起一路尘土伪装逃跑，从而迷惑了楚军，取得了大败楚国的胜利；楚国的莫敖用采樵之计打败了绞国，这些都是先定谋略取得胜利的例子。”

张所本以为岳飞只是一员勇猛刚武的战士，听了他这番精辟的议论，才知道赵九龄推荐的这个青年是一位颇有智谋的将才。张所见岳飞胸怀远大，满腹雄谋，便与他侃侃而谈起来。

当张所与岳飞谈到目前的抗金形势时，岳飞说：“今日朝廷委托大人招抚河北，只有召集天下英雄，坚决消灭敌人，恢复失去的土地，才能稳定河北，上对得起国家，下对得起百姓！”

张所说：“岳飞雄才大略，对于国家形势，你认为该如何处置呢？”

岳飞见张招抚使和蔼慈祥，身居高位却不耻下问，便把自己的看法尽述出来。

他说：“河北在我朝的地位，就像一个人的四肢那样重要，一个人如果失去四肢，那就完了。本朝的都城东京开封，不如长安、洛阳有高山险关，这里是平川旷野，长河千里，首尾太长，不能相互支援，这就只有依靠河北作为护卫的屏障了。如果我们以精兵健将守住各个战略要地，纵使敌人打过来，也只能占一城围一城。我们呢，一城受围，数城支援，敌人绝不会占到便宜。这样，敌人就不敢侵入黄河以南的地方了，我们的首都东京也就稳固了。”

张所元帅静心地听着，不住地点头赞许。

岳飞见张所元帅这样虚心，又接着说：“为您的职责着想，只有完全收复河北失地，才能保住东京。不然，四肢一绝，东京哪能保得住？那时，朝廷是要逃过大江，还是跑往淮水，就很难预料了。”

说到这里，岳飞显得很激动，他慷慨激昂地说：“如果您能奏明朝廷，请朝廷亲提大兵到河北抗敌，我一定会在您的指挥下冲锋陷阵、万死不辞！”

张所元帅见岳飞确实是一位不可多得的将才，便破格提拔岳飞为武经郎，并把他编入都统制王彦的部下，当一名偏将。

通过一席长谈和仔细观察，岳飞觉得张所元帅与那些贪生怕死的宋朝官员不一样，是一位为国为民、坚决抗金的统帅，便让他的结义兄弟牛皋、王贵、张显、杨怀、施全等，也都参加了张所元帅的新军。过了一段时间，张所元帅的新军已声势浩大，岳飞让施全回太行山，把周青、赵云、梁兴、李进等一班绿林豪杰也召集过来，张所元帅把他们编成一支队伍，让岳飞统领。岳飞带领他们日夜操练，很快成为一支能征善战的抗金劲旅。

附:《与张所论兵》(摘自《鄂王行实编年》)

秋八月，诣河北招抚使张所，所一见，待以国士，借补修武郎、阁门祗侯，差充中军统领。所尝从容问之曰:“闻汝从宋留守，勇冠军，汝自料能敌人几何?”先臣曰:“勇不足恃也，用兵在先定谋。谋者，胜负之机也。故为将之道，不患其无勇，而患其无谋。今之用兵者皆曰:‘吾力足以冠三军。’然未战无一定之画，已战无可成之功。是以‘上兵伐谋，次兵伐交’。栾枝曳柴以败荆，莫敖采樵以致绞，皆用此也。”

所本儒者，闻先臣语矍然，起曰:“君殆非行伍中人也!”因命先臣坐，促席与论时事。先臣慷慨流涕曰:“今日之事，惟有灭贼虏，迎二圣，复旧疆，以报君父耳!”所曰:“主上以我招抚河北，我惟职是思，而莫得其要，公尝计否?”飞曰:“昔有人言，‘河北视天下如珠玑，天下视河北犹四肢’。言人之一身，珠玑可无，而四肢不可暂失也。本朝之都汴，非有秦关百二之险也。平川旷野，长河千里，首尾绵亘，不相应接，独恃河北以为固。苟以精甲健马，冯据要冲，深沟高垒，峙列重镇，使敌入吾境，一城之后，复困一城 ，一城受围，诸城或挠或救，卒不可犯。如此则虏人不敢窥河南，而京师根本之地固矣。大率河南之有河北，犹燕云之有金坡诸关。河北不归，则河南未可守;诸关不获，则燕云未可有。间尝思及童宣抚取燕云事，每发一笑。何则，国家用兵争境土，有其尺寸之地，则得其尺寸之用。因粮以养其兵，因民以实其地，因共练习之人，以为向导，然后择其要害而守之。今童宣抚不务以兵胜，而以贿求，虏人既得重贿，阳诺其请，收其粮食，徒其人民与其素习之士，席卷而东，付之以空虚无用之州。国家以为燕云真我有矣，则竭天下之财力以实之，不知要害之地，实彼所据，彼俟吾安养之后，一呼而入，复陷腥膻。故取燕云而不志诸关，是以虚名受实祸，以中国资夷狄也。河南、河北，正亦类此。

“今朝廷命河北之使而以招抚名，越河以往，半为胡虏之区，将何以为招抚之地？为招抚职事计，直有尽取河北之地，以为京师援耳。不然，天下之四肢绝，根本危矣。

“异时，虏既得河北，又侵河南，险要既失，莫可保守，骎骎未已幸江幸淮，皆未可知也。招抚诚能许国以忠，禀命天子，提兵压境，使飞以偏师从麾下，所向惟招抚命耳，一死无足道哉！”

所大喜，借补武经部。

收张保、王横

传说，张保和王横都是飞毛腿，两人走路都能日行千里。张保是内黄县城东张保村人，王横是黄河边白马县阚村口人。两人虽然都听说过对方的名字，可因为不在一个县，相互并不认识。

金兵南下攻打中原，张保是个热血青年，他见金兵到处杀人放火，就去他的一个远房叔叔河北招抚大元帅张所那里当了一名幕府兵。后来，岳飞也投靠在张所麾下。

张保常在帐中听张所和岳飞谈论古今战事，后来知道岳飞就是在内黄县比武招亲、在京城枪挑小梁王的小英雄，对岳飞更是敬佩有加。有一次，张所派岳飞渡过黄河去执行一项侦察任务，张保主动要求和岳飞一同前去。

岳飞骑马，张保步行，二人来到黄河渡口白马县阚村口准备渡河时，天已擦黑，渡口只有一叶小摆渡，一个汉子躺在小摆渡上打瞌睡。

张保上前高声叫道：“艄公，请渡我们过河。”

那汉子打着哈欠说：“天黑了，不摆渡了。”

张保看看周围没有船，就上前逼那汉子渡他们过河。那汉子看来也是个粗人，他见张保催逼得紧，就怒道：“风大浪急，翻到河里拿你们喂鳖吗？”

张保听了也着急起来，抽出随身的大铁棍就去打那汉子。那汉子也翻身抓起船上的一根铁棍，与张保对打起来。

岳飞见张保与人打起来了，怕过不了河，误了侦察任务，就插在他们中间，用枪轻轻一拍，把两人的铁棍都震落在地上。

那汉子见岳飞功夫如此了得，忙跳出圈外问道：“敢问这位英雄姓甚名谁？”

岳飞说：“在下汤阴岳飞。”

那汉子接着问道：“莫非是在内黄比武招亲、在东京枪挑小梁王的岳飞？”

岳飞说：“正是在下！”

那汉子忙举手施礼道：“王横有眼不识泰山，岳英雄来了，小弟愿搬鞍坠凳追随岳英雄！”

张保听那汉子自称“王横”，忙上前朝王横当胸打了一拳，问道：“原来你就是阚村口的王横！在下张保早知兄弟大名，今日咱们真是有缘相见了。”

王横得知对方是张保，也觉得相见恨晚。

王横把岳飞、张保渡过黄河，也要随岳飞去金营侦察。不等岳飞答应，张保早替岳飞做主留下了王横。

一路上，张保、王横步履如飞，岳飞放马飞驰，张保一直跑在马前，王横紧紧跟随在马后，两人飞跑起来不相上下，只差马前马后，从此，人们就把他俩一个称作马前张保，一个叫作马后王横。

再降吉青

岳飞在内黄县黄泥岗义释了吉青、吴伦、裘瑞，并把他们三人推荐给岳父李春。李春见他们三人武艺高强，就让他们在内黄县衙当捕快都头。后来，岳飞去东京考武状元，结果在比武校场刺死了小梁王。岳飞在宗泽的帮助下逃回到家乡。可是，张邦昌听说岳飞是内黄县令李春的女婿，就找茬儿把李春的官职免了。新来的县官是张邦昌的心腹爪牙，他对吉青、吴伦、裘瑞兄弟百般刁难，处处设绊子。三人一怒之下，趁夜杀死了县官，抢走了县府的库房财物，又重操旧业，聚集了一些无业游民，在黄河岸边的白马县神马山上，扎起了一座营寨，杀富济贫，抢村夺寨，当起了逍遥自在的山大王。

北宋末年，朝纲松弛，官僚腐败，一班奸相佞臣把持朝政，天下豪杰正义之士报国无门，便纷纷抢山夺寨，自立山头，扯旗称王。金兵马踏中原，宋兵望风南逃，沿途遗留下无数散兵游勇，他们有的自立山头，有的投靠巨寨，在河北各地布满了大大小小的山头强寨。

张所到河北招募新军，在相州竖起抗金卫国的大旗，许多豪杰志士纷纷投靠张所。张所指示王彦招安吉青，可是，吉青对张所和王彦不甚了解，再说吉青恨透了宋朝那些贪官污吏，几次招安，吉青都拒绝了。王彦见吉青不听召唤，便亲自率领一支队伍来白马县围剿神马山。由于神马山背靠黄河，四面环水，王彦围困了多日，竟没有攻入神马山半步，王彦为此十分烦恼。一天夜里，王彦和他的部下正在熟睡，吉青和吴伦带领山寨的兄弟，突然冲进营寨，砍瓜切菜一般杀死了许多官兵，王彦也在慌乱中被吉青刺伤了小腿。为此，王彦深恨吉青。

王彦围剿吉青时，岳飞正好被派往平定刺探北国军情，回来时，王彦已兵败回营，正在恨恨地生气。岳飞听了王彦叙述兵败的经过，不禁哈哈大笑起来，说："王先锋不必气恼，岳飞曾与那吉青有过一面之交，待小弟前往神马山说服吉青，他若归顺朝廷万事便罢，他若不肯，岳飞则踏平山寨，将他活捉带来见您。"

第二天，岳飞带领牛皋、王贵、张显、汤怀、施全等一队人马，浩浩荡荡，直奔神马山。在离神马山五里的地方，岳飞命令兵士安营扎寨，留下施全、李进等守护营寨，自己与牛皋、王贵、张显、汤怀几位兄弟，也不带兵丁队伍，放马往神马山寨而来。

神马山是一处屯兵立寨的险要之地，山虽不高，却四面环水，北面背靠汹涌波涛的万里黄河，左右两边是一望无际的湖水，湖水碧波荡漾，

进出往来全靠行舟驶船，全然再现山东八百里水泊梁山之峻美。

岳飞等人来到神马山前，隔水向山寨喊道：“我是你们山寨大王的朋友岳飞，请放船过来，渡我们进山寨，我们有要事与大王相商。”山寨守卒报告吉青、吴伦、裘瑞三位大王，说山前来了一伙人，为首的说是你们的朋友岳飞。吉青将信将疑，从山寨隔水望去，果然是岳飞和他的几位兄弟，不觉大喜，忙划船过去，把岳飞等人接到山寨。

吉青三兄弟与岳飞自从在内黄县衙分手以后，整日忙于捉贼缉盗，无暇与岳飞相见，后来听说岳飞在东京比武校场一枪挑死了小梁王。不久，县令李春也被奸臣害得丢了官，兄弟三人气愤之下杀了贪官，逃到白马县神马山占山为王，再不知岳飞消息。今日见了，分外高兴。

到了山寨聚义厅，吉青等急忙吩咐兵卒摆宴。岳飞忙摆手说：“且慢，今日为兄过来，乃是有王命在身。如今金兵大举南下，大宋江山危在旦夕，百姓流离失所，张所大帅在相州竖起抗金大旗，在河北广招天下豪杰，无数保家卫国的好男儿云集帐下，希望三位兄弟以江山大业为重，放下个人仇怨，加入抗金队伍，为保大宋江山杀敌立功。”

吉青、吴伦、裘瑞本是豪杰之士，他们也目睹了金兵烧杀抢掠的种种罪恶，早有抗金志向。今日见岳飞说得慷慨激昂、义正词严，便心悦诚服地表示愿意跟随岳飞抗金。

吉青等人把山寨的兄弟召集过来，说明利害，然后挑选出三百名精壮兵卒随他归顺岳飞，其余给予路费盘缠，解散回家。

神马山讲古①

吉青、吴伦、裘瑞三人处理完山寨的事情，岳飞也让施全等把营寨的队伍带进了神马山。兄弟们相聚在一起，大家十分高兴。吉青命军士杀牛宰马，在山寨前摆了百桌酒席，取名“一字长蛇宴”，一来庆贺兄弟相聚，二来誓师抗金杀敌。

夜幕降临，宴席摆上，在神马山脚下，沿着黄河岸边，点燃了无数火把。熊熊的火光在夜风的吹拂下，如同一条飞舞腾跃的巨龙。众位兄弟划拳行令，吆五喝六，好不热闹。

岳飞见不费吹灰之力，便收服了令王彦十分头疼的神马山义军，而且见到吉青等三位结义兄弟，心情十分畅快，在众兄弟的陪同下，不觉

① 今浚县东有神马亭。《开山图》：“山下常有白马，群行山上，悲鸣则河决，驰走则山崩。”

放开酒兴，连喝了十多碗烈酒。岳飞虽然海量，但在烈酒的刺激下，也不免胸中激情澎湃，周身豪情奔放。

趁着酒兴，岳飞拔出腰间佩带的青釭宝剑，边舞边歌道：

神马山，黄河边，
舞青釭，拽沥泉。
壮志堪比桃园英雄，
雄心匡复北国云燕。
同兄弟“精忠报国”，
跨青鬃踏破关山。
他日待到黄龙会，
再举杜康奏歌还！

岳飞歌罢，收起青釭宝剑，说了声“随我来”，带上众位结义兄弟，踏着朗朗如练的月光，伴着滔滔低吟的河水，沿着弯弯曲曲的小路，直奔神马山山顶的神马亭。

神马亭建造在神马山的顶峰，站在亭下，遥望奔腾汹涌的黄河，使人豁然心动。

岳飞吩咐道：“吉青兄弟，在这里再摆一桌酒席，我要与众位兄弟讲一讲神马山的故事。”

不多时，酒宴摆上。岳飞与各位兄弟又连喝了十碗酒，个个手舞足

蹈，欢呼雀跃。

岳飞说："吉青、吴伦、裘瑞三位兄弟，你们在神马山占山为王，可知道神马山的来历？"

吉青、吴伦、裘瑞都是杀人放火的绿林豪杰，哪里懂得什么山庙来历和历史典故，便一起答道："不知道！"

岳飞眯眼看看其他几位兄弟，牛皋、王贵、施全等也连连摇头，都说不知道。

岳飞离席指了指亭柱上的一副对联，众兄弟借着月光，只见斑驳的亭柱上，镶铸着两行大字，字体刚劲挺拔，行笔韵味十足。

上联：群马奔腾山崩地裂

下联：青骏嘶鸣水怒河决

众人看了一会儿，都不解其中含义。

岳飞说："众兄弟不解，待为兄给你们慢慢讲来。"

岳飞说，神马山本是一座神山。远古尧舜时候，天下洪水泛滥，四岳推举大禹的父亲鲧治理洪水。鲧从天庭偷来了息壤，对洪水围堵阻截。由于治水方法不当，洪水非但没有治好，反而越堵越猛，水灾越治越严重。舜帝大怒，就把鲧捉来杀了。鲧临死前，把剩下的息壤堆放在这里，以待后人治水时再用。后来鲧的儿子大禹接替父亲治水，他用疏导的办法治理好了洪水。一日，大禹带领八元、八恺、四岳、应龙等群臣神将，顺黄河巡视，就到了这里，大禹见父亲留下的息壤已化为一座高山，他遥想父亲触犯天庭神规，偷来息壤治水，因治水无功而身首异处，不禁潸然泪下。后来，他发现这里水丰草盛，地广人稀，就在这里设立牧场放马。马天天吃息壤里生长出来的神草，夜夜受山上的仙露滋润，时间长了，这些马全都变成了能腾空飞跃、潜水过河的神马。这些神马不动则已，动则惊天动地，震撼山川。它们群行奔跑起来，能震动得山崩地塌；一起嘶鸣长啸，能让黄河决溃。人们见有神马常在山上群行奔走，就把此山称为“神马山”。

到了三国时期，群雄逐鹿中原。吕布占据濮阳，他在神马山捉了一匹神马叫赤兔马。此马日行千里，夜行八百，在水面疾走也如履平地。后来，吕布被曹操杀了，曹操把赤兔马送给了关羽。关羽得了赤兔马，如虎添翼。为报答曹操赠马之恩，关羽在白马坡斩了颜良[①]，在中牟县杀了文丑。再后来，关羽到河北寻找刘备，跨赤兔神马，横青龙宝刀，过五关，斩六将，威震华夏。

后人赞关羽骑赤兔马，过关斩将：

挂印封金辞汉相，寻兄遥望远途还。
马骑赤兔行千里，刀偃青龙出五关。
忠义慨然冲宇宙，英雄从此震江山。
独行斩将应无敌，今古留题翰墨间。

岳飞说到这里，心情十分激动。他说：“大丈夫生于天地之间，就要

① 今浚县东有颜良冢、关公庙。

像关云长一样，跨神马，握宝刀，纵横天下，当盖世英雄。”

说罢，岳飞击剑又歌唱唐代诗人李白的《发白马》：

将军发白马，旌节度黄河。
箫鼓聒川岳，沧溟涌涛波。
武安有振瓦，易水无寒歌。
铁骑若雪山，饮流涸滹沱。
扬兵猎月窟，转战略朝那。
倚剑登燕然，边烽列嵯峨。
萧条万里外，耕作五原多。
一扫清大漠，包虎戢金戈。

众兄弟乘着浓浓酒兴，听岳飞谈古今掌故，评说天下英雄，无不心潮激昂。同时，他们对岳飞通古博今、洞悉天下大事更是无比佩服。

牛皋招亲

岳飞收了吉青、吴伦、裘瑞，人马多了，他见神马山地势险要，水旺草丰，就在神马山驻扎下来，与众位结义兄弟在黄河边日夜操练人马，准备迎击金兵。

一日，岳飞与众位兄弟在大帐中议事，忽然军士报告说，白马县令金老爷派人来搬救兵，说金兵正在攻打白马县城，形势危急，请岳飞率部前去救援。岳飞忙选兵派将，前去支援。

这时，牛皋刚从相州张所的招抚司送信回来，见岳飞正在点兵选将，忙抢着说：“岳大哥，您是主将，不必带头冲锋。今番的先行官，就让给俺老牛吧！”岳飞说：“那就有劳牛贤弟了。”

牛皋得了先行官的令牌，如同吃了甜馍馍，十分欢喜。不等岳飞催行，他就带领三百名精兵，效仿当年霸王的行兵，自己骑马提锏在前，三百儿郎随后紧跟，一路马不停蹄，人不下鞍，急匆匆地往白马县城飞奔而去。

牛皋进了白马县衙，知县金老爷急忙降节来迎。他还以为来的是岳飞，见了牛皋，忙跪下道："白马县令前来迎接岳将军！"

牛皋说："免叩头。俺不是岳飞，俺是岳将军的先行官牛皋！"金县令忙站起来，只在心里嘀咕道，一个小小的先行官，竟然叫本官免叩头。金县令吩咐道："把报信的绑去砍了！"

牛皋听了大怒道："不要杀他。你既然本事高强，用不着俺，俺就回去了。"

金县令暗想："牛皋是岳飞的爱将，得罪了他，有许多不便。"只得忍气上前说："牛将军息怒，本官因他报信不明，依军法本该斩他。既是将军讲情，就饶了他吧！"便吩咐放了那个报信的。

牛皋随金知县进了衙门大堂，只见处处挂红展绿，张灯结彩，皆因岳飞要来，把县衙收拾得十分整齐。牛皋上了大堂，大大咧咧地在正堂中间坐下。金县令见牛皋不懂规矩，只好陪他坐到一旁。一会儿，酒席摆上。

牛皋见席间尽是小碟小盅，就大声说道："金老爷果真是诚心请我吗？"

金县令忙说："自然是诚心请将军。"

牛皋说："既是诚心，就把这些小碟子、小碗全都撤了，换大碗来，让俺喝个痛快。"

金县令叫人取来大碗，牛皋连吃了三十大碗酒。吃到中午，牛皋已有八九分醉意。这时，只听探子来报:“金兵来攻打城池了。”金县令见牛皋醉了，悄悄吩咐传令兵:“各门加兵防护，不准开门迎战。”传令兵领命去了。

牛皋睁开醉眼问道:“金爷，你鬼头鬼脑，不像待客的样子，有话就告诉俺老牛。”

金县令说:“金兵来犯城池，我见将军醉了，不能迎敌打仗，故不敢明说。”

牛皋说:“既然金兵来了，何不早说？快再取酒来，待俺吃饱了去杀金兵。”

金县令说:“将军醉了！”

牛皋说:“山东有个打虎英雄武松，他说过‘吃了十分酒，方有十分力气’。快去拿酒来，让俺吃个痛快。”

金县令无奈，只得取来一坛好酒。牛皋双手捧起，一气喝了半坛，说:“这剩下的半坛，留着让俺一会儿再喝！”说罢，立起身来，摇摇晃晃，走下大堂。众兵士扶他上了乌骓马，牛皋倒提着双锏，迷迷瞪瞪往城外走去。

牛皋骑坐在马上，迷糊着双眼。叫关的金将叫金熊大将，是金兀术手下一员猛将，他身长一丈二尺，站立在地上，就如铁塔一般。他头如耧斗，眼赛铜铃，使一条浑铁大棍，那铁棍就像孙悟空的金箍棒一样，足有两百斤重。金熊大将见牛皋吃得烂醉，在马上东倒西歪，头也抬不动，觉得十分好笑。

金熊大将丝毫未把牛皋放在眼里，心道："这个南蛮，死活都不知道，还出来打仗？"他抡起手中的铁棍，喝道："南蛮，看你像什么样子？"牛皋也不答话，停了一会儿，口中叫道："快拿酒来。"家将忙把那剩下的半坛酒送到牛皋面前，牛皋捧着酒坛把酒往嘴里乱倒。哪晓得牛皋吃得太多了，忽然一阵风吹来，一坛酒齐往上涌，牛皋不由自主地张开嘴，一股急流从他口中蹿出，直喷在对面的金熊大将脸上。那金熊大将一面用手往脸上胡擦乱抹，一面哇哇大叫。牛皋一吐，有些清醒了，睁眼一看，见一个黑塔似的金将骑在马上和自己对峙，就举起双锏，"当"的一下，把金将的天灵盖打得粉碎。牛皋大呼一声，驰马冲入敌阵，把一队金兵杀得尸横遍野、血流成河。

牛皋得胜回城，金县令在城门上看得清楚，见牛皋回来，连忙迎出城外，说："牛将军真乃神人也！"

牛皋说："若让老牛再吃一坛，俺老牛就把那些金兵都斩杀尽了！"

金县令回到县衙，与夫人说起牛皋之事，说："牛皋虽然粗鲁，不想他倒是一员福将。今日吃得大醉，反把金兵打得大败，解了白马县之围。"

次日早上，金夫人正在梳洗，忽见金县令的妹子慌慌张张地跑来说："大嫂，不好了，俺在夜里做了一个噩梦，梦见一只黑虎搂抱着俺，吓得俺一夜不敢合眼。"

金夫人也说："怪了，我昨夜也梦见有只黑虎闯进咱家后堂。"

正说着，金县令已走进来，问道："什么黑虎白虎？"金夫人把自己

和妹子齐齐梦见黑虎的事说了。

金县令不觉大惊，自己在夜间也有此梦，说:“这只黑虎莫非就应在牛将军身上？”

夫人也说:“牛将军英雄年少，咱妹子如果嫁给他，将来必能紫衣金腰、大富大贵。”

正说着，岳飞已率大军到了城内。金县令把自己与夫人商量的事情告诉岳飞，岳飞听了大喜，说:“我这个牛皋弟弟只身一人，正缺个家人照管他。金县令有此好意，岳飞便代牛皋应了这桩婚事。”

金县令和岳飞商量好了，也不管牛皋怎么想，当日就把婚事办了。牛皋见金小姐美貌温柔，好似仙女下凡，心里十分欢喜，笑得合不拢嘴。

珠联璧合

牛皋在白马县城用双锏打死了金熊大将，解了县城之围，金县令见牛皋英雄年少，就与妻子商量，把妹子金小姐嫁给了牛皋。金县令一来庆贺打败金兵，解了白马县之围；二来为妹妹与牛皋新婚之喜，摆宴席招待岳飞和众位兄弟。牛皋与王贵、张显、汤怀、施全、吉青、吴伦、裘瑞等猜拳行令，呼三吆六地大喝起来。

看着已喝得六七分醉了，张显对汤怀说："兄弟，岳大哥说城外就是当年三国关公刀斩颜良的白马坡，咱兄弟何不乘今日酒兴，到关公庙拜谒关老爷一番，以后咱也学那关云长，斩敌国上将，做永世英雄。"

汤怀说："小弟也正有此意。"两人说罢，便一前一后，偷偷溜出宴会，各自提枪跨马，如飞般跑出白马城外，往白马坡关帝庙而去。

关帝庙建在白马城北岸的一座小土山上，庙门红漆闪亮，庙内松柏参天。张显、汤怀兄弟二人在庙内游玩了一会儿，唏嘘一番，便一同出了庙门。两人携手爬上土山，山那边豁然闪出一条亮晶晶的大河，大河两岸柳青杨绿，芦苇荡荡，更有那野鸟翩翩飞舞，鹿兔东驰西跳。

汤怀见了大喜道："张显哥哥，你看这里鹿肥兔壮，咱兄弟俩何不打杀几只野味，带回去给咱岳飞哥哥和众位兄弟当下酒菜吃！"

张显忙说："甚好，甚好。"说罢，二人跨马往茂林深处行去，一路沿着山脚、河边搜寻开来。

走了一会儿，他们在一片树林边发现了一头壮硕肥胖的大鹿，正低头吃草。汤怀拈弓搭箭，"嗖"的一箭射去，正中鹿的后背。那鹿负痛，带箭飞奔狂跑，汤、张二人随后快马加鞭，紧追不舍。追了十多里路，斜刺里转出一班女子，一位背插一双青萍宝剑，一位腰挎一对日月宝刀，双双骑着雪斑花马，说说笑笑迎面而来。

常言道：无巧不成书。那只飞奔的肥鹿刚刚跑到林边，就被那使刀的女子一箭射中前腿，那鹿扑地滚倒，被众女子用挠钩搭住，捆绑在马上。

汤怀看见，高声喝道："呔，快快还我的肥鹿。"

那背剑的女子说道："那鹿明明是我妹子射倒的，为什么要给你？"

汤怀大怒道："好不晓事！我看你是个女的，才好言向你讨取，你却不识相。"

言罢，汤怀催马过来要抢那马背上的肥鹿。那女子拔出双剑，朝汤怀劈来。汤怀心头火起，使枪唰唰唰一连几枪，把那女子杀得手忙脚乱。使刀的女子见姐姐战汤怀不下，也挥舞双刀前来助阵。张显看得高兴，

见使刀的女子来了，便拍马上前，举钩镰枪接住。两男两女，捉对儿厮杀。那两个女子不是汤、张二人的对手，她们见打不过对方，便一声呼哨，转马败退而去。汤、张兄弟俩不肯罢休，随后紧紧追赶过去。

张显、汤怀追了不到三五里地，来到一所大庄院前，众女子一溜烟儿转入庄院，紧闭庄门，再不肯出来。

汤怀、张显赶到庄院门口，齐声叫道："你们快把肥鹿还给我们。送还肥鹿，万事便罢；若不然，就打碎你们的庄门，放火烧了你们的庄院！"

叫了一会儿，不见里边有人出来。张显、汤怀二人气得暴跳如雷，双双举枪，要打庄门。正待动手，庄门"呀"的一声开了，从里面走出来一位年过半百的老者，背后跟着几个挎刀的家将。

老者问道："二位是何处将官？为何在俺庄前吵闹？"

汤怀正要开口，张显忙抢身上前，在马上躬身道："老丈，俺二人是岳飞的结义兄弟，他叫汤怀，我叫张显。今日我哥俩在河边玩耍，射倒一只肥鹿，却被你庄里的两个女子抢去了，故此前来讨取。"

老者听了，说道："原来如此，一只鹿值什么。二位既是岳飞的部将，请进敝庄喝茶，待老夫去把鹿取来还你便是。"

张显、汤怀见老者面目和善，说话温存，遂跳下马来，随老者进了庄院。

二人来到大厅，向老者施礼，分宾主坐下。老者说："久闻岳飞是位英雄，今日能见到他的结义兄弟也是缘分。老夫今日无事，且陪二位将军小酌几杯，也算得老夫仰慕英雄的一番心情。"

张显、汤怀连说不敢，可老者还是把酒菜端上，二人推辞不过，只好坐下与老者对饮。饮了几杯，家丁把鹿扛上来了。张显、汤怀见了，就要辞去，老者只是不肯放人。

二位见老者诚恳，问道："请问长者尊姓大名，为何对我兄弟如此厚爱？"

老者说："我姓朱，单名一个贵字，绰号'旱地忽律'，本是梁山好汉，后来跟随宋江哥哥受了皇帝招安，平了方腊，皇帝封俺做总兵。后因奸臣当道，梁山好汉一个一个被他们害死，受尽了鸟气，俺便与哥哥朱富一同回到黄河边生活。前些时候，哥哥因病亡去，如今只有老夫在此守护庄院。方才那两个小女，一个是小女秀梅，一个是哥哥的千金秀菊。她姐妹俩不懂事，多有得罪二位将军，小老儿这里代为赔礼了。"

张显、汤怀见状，忙欠身拱手道："原是老英雄的庄院，晚辈多有冒犯！"

朱贵从后院叫来二位小姐，让姐妹俩向张显、汤怀见礼。张显、汤怀忙还礼不迭。

朱贵说："不瞒二位英雄，我早已听说，二位与岳飞、王贵曾师从周侗。你们可知梁山泊曾有一位盖世英雄叫林冲的吗？他临去世的时候，曾托我一事，说他有一副家传软甲，请我有朝一日转赠给他未曾谋面的同门师弟岳飞。"

张显、汤怀见有这一层关系，十分欢喜，也不等吃完酒席，就忙引朱贵去白马县城面见岳飞。朱贵撤了酒席，偕秀菊、秀梅姐妹俩，随张显、汤怀去白马县见了岳飞。岳飞收了软甲，少不得也设酒席款待朱贵老英雄与二位小姐。席间岳飞见秀菊、秀梅姐妹俩长得齐整，而且又与张显、汤怀二人年龄相当，便与朱贵老英雄商量，能否让他们四人结成鸾俦？朱贵当然愿意，又问秀菊、秀梅的意见，二位小姐羞得满面通红，也都点头答应了。

停了一日，朱贵置办了小姐的嫁妆，与张显、汤怀在庄上办了婚事。岳飞与众位兄弟也来到庄上庆贺了一番。

岳飞见张显、汤怀与二位小姐因争鹿结成百世姻缘，遂提笔为四位新人写了一副对联：

为鹿争得千年好

碧箭射中绣球来

横批：珠联璧合

王贵夺寨

牛皋、张显、汤怀相继娶妻，王贵好不眼红心痒。一日，王贵正带领自己的部下操练人马，忽然有一位老者慌慌张张地顺着河堤跑来，一边跑一边呼喊道：“了不得啦，强盗来了！”王贵驻马看看，老者后面并没有人追赶，觉得好笑，便拦住老者问：“老丈，哪里有强盗？”老者回头张望，不见强盗，便一屁股蹲坐在地上，哭天抹泪地啼泣起来。

老者说：“我是前头刘家庄刘员外家的家院，刘员外早已亡故，家里只有刘老夫人和一位小姐。前日我家老夫人做了一个梦，梦见刘老员外被一伙贼人困在一座山上，他要老夫人赶快拿钱赎他。老夫人醒了，说刘员外早已亡故了多年，现在托梦向她要钱，一定是在阴间缺钱用了，因此就买了许多纸钱在他坟前烧了。可是，连烧了三日，刘员外还是托梦要钱。刘老夫人心想，在坟前烧的纸钱可能都被恶鬼抢走了，不如找

一处寺院求神仙保佑，或许能送到他的手里。所以，今日一大早，老夫人就催赶小老儿套车拉着老夫人和小姐并许多纸钱，赶往西乡的铁枪寺上香烧纸。不想，铁枪寺已被一伙强盗占据，我们刚到寺前，就被一个黑脸大王瞧见。他见我家小姐年轻貌美，便要抢她做压寨夫人。我家老夫人不肯，黑脸大王就连老夫人和小姐一起抢到寨里去了。小老儿见势不好，拔腿就跑，有几个强盗追俺，俺也不知深浅，一直不要命地狂奔，这才来到此地。”

王贵听了刘老儿的话，不觉心头大怒。他回头集合正在操练的队伍，由刘老儿带路，怒气冲冲地直扑铁枪寺而来。

来到铁枪寺，王贵见寺院周围早已扎成一座营寨，寨门还书有“铁枪寨”三个大字。王贵催马到了寺前，高声叫道：“铁枪寨的强盗，快快把刘老夫人和刘小姐送出来便罢，如若不然，俺就踏平寨院，把你们这些强盗都杀个干净！”

王贵正在叫骂，寨门忽然大开，一个黑脸强盗骑一匹漆黑大马，手端一支丈八长矛，像一座黑塔一样。黑大汉闯出寨门，喝道：“哪里来的小娃娃，敢在俺这里大呼大叫！”说罢，举长矛照着王贵的面门便刺。王贵见黑贼来得凶猛，忙举刀相迎。两人在寨前一来一往大战起来。

战了一会儿，那黑脸强盗虽然人高马大，可是武艺不精，他在王贵的刀刀紧逼之下，渐渐手忙脚乱起来。又一个照面过来，王贵挥刀照定黑脸强盗的头颅砍来，黑脸强盗慌忙缩藏脑袋，只听“咔嚓”一声，黑脸强盗的头盔被削飞老远。黑脸强盗吓得魂飞胆裂，拍马逃回铁枪寨里，任凭王贵如何辱骂，也不敢再出来了。

王贵骂了半日，不见强盗出寨，恼得心头火起，招呼手下人马呐喊攻寨。铁枪寨四周全是木桩棍棒，就连那寨门，也是篱笆编成的。王贵用刀一劈，寨门就被砍得破碎。王贵挥刀带头冲进寨门。寨里的强盗见王贵打破寨门冲进来了，四散逃跑，跑不快的，都被刀劈斧剁见了阎王。

黑脸强盗听说王贵打进寨里，也顾不得刘小姐了，忙骑上黑马，夺路逃出寨外，带着残兵败将，往太行山逃走了。

王贵夺了铁枪寨，救下刘老夫人和刘小姐，刘老夫人千恩万谢。刘老夫人见王贵年少英俊，又是自己的救命恩人，遂有意把自己的女儿许配给王贵为妻。刘老夫人是位见过大世面的人，她又怕当面鼓对面锣地不好说，就推说要向他们的主将岳飞当面致谢，非要王贵带她们娘俩面见岳飞。

刘老夫人见到岳飞，便把自己想将女儿许配给王贵的事情说了，岳飞当然高兴。岳飞问王贵愿不愿意，王贵自然十分乐意。岳飞见双方情投意合，就在刘家庄为王贵和刘小姐办了婚事。

后来，岳飞率岳家军南征北战，牛皋的夫人金玉英，汤怀的夫人朱秀梅，张显的夫人朱秀菊和王贵的夫人刘小姐，都搬到刘家庄居住。此是后话。

血战圣功桥

岳飞在白马县神马山经过短期休整，已经人强马壮，手下将士个个摩拳擦掌，人人斗志昂扬，决心要与金兵拼搏一场。

一日，岳飞正与兄弟们一起操练人马，忽然接到张元帅的命令。张元帅命岳飞率部火速赶往黎阳，抢夺已被金兵占领的黄河浮桥圣功桥，切断金兵通道，配合“八字军”王彦将军攻打滑州城。

白马县距离黎阳圣功桥虽然不远，可是，由于黄河在这里弯弯曲曲，并且有许许多多的沼泽泥塘，行走十分不方便，一日的路程，要有两三日方能赶到。为了尽早夺取圣功桥，岳飞率部日夜兼程，飞驰前往。

岳飞到了圣功桥，已是黎明时分。周围村寨更鼓已尽，圣功桥头的金兵营寨一片静悄悄的，守卫浮桥的金兵还在熟睡。岳飞一声令下，几十面战鼓齐声擂起，岳飞提枪跃马率先冲向敌营。金兵还没来得及穿上衣服，就被岳家军砍瓜切菜一般，杀得尸横遍地。一员金将赤身抢了一匹战马，刚刚跑出营寨，被岳飞一箭射中后心，翻身落马而死。

岳飞夺了圣功桥，马上命令兄弟们整理营寨，一面向张元帅禀告，一面分派各位兄弟把守要隘，固守桥头，准备迎战金兵。

黎阳圣功桥本是西线金兵的重要通道，它就像一根扁担，一头是黎阳城，另一头是滑州城。岳飞夺取了圣功桥，就切断了两城之间的联系，使占领滑州的金兵断绝了后援和归路，为王彦攻打滑州城创造了极好的条件。

果然不出岳飞所料，岳家军刚把工事修筑完毕，黎阳的金兵就蜂拥而来抢夺浮桥。岳飞命牛皋、施全、吉青、裘瑞、吴伦各带一队精兵，偷偷潜入金兵后面，自己与王贵、张显、汤怀从正面迎击来犯之敌。大批金兵在千户哈木多的率领下，气势汹汹、铺天盖地地向圣功桥扑来。岳飞不待哈木多布阵，早已呐喊一声，挺枪跃马杀向敌阵。四员小将军如同海中蛟龙，刀枪并举，东闯西杀，直杀得金兵哭爹喊娘。

哈木多见岳飞等在自己军中横冲直撞，忙指挥大军围追堵截。岳飞他们杀向哪里，他就指挥大军围到哪里，任凭岳飞他们左冲右突，金兵却是越杀越多，岳飞渐渐被围困在核心。

一直混战到天黑，层层金兵像一道道铜墙铁壁。岳飞与王贵、张显、汤怀，杀了一层又一层，杀退一批又一批。正当岳飞与王贵他们十分危险的时候，牛皋与施全、吉青、裘瑞、吴伦他们各自带着一队精兵，从金兵背后冲杀过来。

哈木多正要活捉岳飞，忽听背后喊声大作，不知来了多少宋兵，急忙分兵派将拦截。

岳飞知道牛皋他们已经得手，勇气倍增，便故意大声喊道：“兄弟们，金兵已被我们的大军包围了，杀金兵报效国家的时候到了。快跟我冲啊！”岳飞这一呼喊，王贵、张显、汤怀也跟着高喊，跟随他们的士兵也齐声高喊。这喊声如黄河怒吼，如雷霆轰鸣，在空旷的原野响彻云霄。

金兵被雷霆般的喊杀声吓坏了，他们真的以为宋朝的大军来了，顿时大乱起来。岳飞趁势指挥岳家军奋力拼杀，杀得金兵纷纷夺路逃窜。千户哈木多喝止不住溃逃的金兵，也只好随着狂奔的金兵打马逃命。谁知冤家路窄，哈木多刚刚跑到一处沼泽边，正遇岳飞。哈木多拨马要跑，岳飞从背后赶来，一枪刺中哈木多的左胁，奋力一挑，哈木多摔在马下，岳飞再补一枪，结果了哈木多的性命。

杀退了金兵，岳飞会合了牛皋、施全、吉青、裘瑞、吴伦，众位兄弟虽然个个都在，可是在混战中，王贵被刺伤了脚，张显伤了左臂，汤怀的战马受了重伤，已不能行走。岳飞看看牛皋和几位兄弟，他们也个个血染战衣，人人伤痕累累，人和马都被鲜血染成了红色。

饮马井的故事

在滑县城南岳村的岳王庙，有一眼水井叫“岳王饮马井”，井虽不深，但泉水极旺，特别是在天旱无雨的时候，别的水井都干涸无水了，“岳王饮马井”的水，任凭全村人家昼夜汲取，却格外旺涌。相传，“岳王饮马井”就是当年岳飞在这里屯兵抗金的时候，为避免与当地老百姓争水用，用马鞭击打出来的水泉。

圣功桥大战以后，岳飞奉命退居到滑县城南的一个小村庄休整。

岳飞的治军格言是:“冻杀不拆屋，饿杀不掳掠。”岳家军无论是行军打仗，还是驻扎练兵，向来是军纪严明，秋毫无犯。这个小村的老百姓知道岳家军是抗金爱民的好队伍，家家腾房挪屋，让岳家军住。可是岳家军谁家的房屋都不住，一千多人的队伍，全都搭起帐篷，宿住在村外的空地里。

这个村是个百十户人家的小村庄，突然驻扎下一支千把人的队伍，村里顿时热闹起来。每日天不亮，岳家军就军号嘹亮、鼓声阵阵地操练起战阵攻法；待老百姓背着农具上地劳动时，将士们又纷纷跑去帮助劳动。军队爱护老百姓，老百姓也更拥护岳家军。

这时候，正是缺水少雨的季节，人吃马喂尚且不说，最为吃紧的事情是人畜饮水问题。这个小村仅有两口水井，平时用水还能将就，一到春旱，连吃饭饮水都很困难。现在，凭空又来了这么多人马，用水就更紧张了。为了解决吃水问题，岳飞命令士兵挖了几口水井，可是，挖出的水井不是泉水不旺，就是酸咸苦涩，根本不能饮用。为了人马饮水问题，岳飞愁得连觉都睡不好。

一天午后，炎炎红日把大地烤得像蒸笼一样。因为没有水吃，将士们都渴得满嘴起泡，战马也都渴得垂耳耷腰，没了精神。

岳飞坐在大帐里，热得浑身汗水直流，口里渴得能冒出烟来。岳飞坐了一会儿，忍不住连打几个呵欠，竟迷迷糊糊地睡着了。睡梦间，岳飞与马前张保、马后王横骑马绕军营巡视，不知不觉来到一座高大庄严的寺庙前。岳飞十分纳闷，心想，我们在这里驻军多少天了，周围几十里都查看过了，怎么从来没有见过这座寺庙？他问张保，张保说不知道；他问王横，王横也说没见过。岳飞正百思不得其解的时候，庙门忽然“呀”的一声开了，从庙门里走出一位头扎红绳的小童。他说：“俺师父请岳将军进庙喝茶！”岳飞莫名其妙、稀里糊涂地跟着小童进了庙门，到了堂房，有一位白发长髯的仙长端坐在那里。岳飞忙躬身施礼。仙长也不

还礼，只是示意岳飞坐下。仙长命小童献上香茗，岳飞品了一口，觉得清香冰凉，周身舒畅无比。

喝了一会儿，岳飞说他军事繁忙，要告辞离开。仙长说："岳将军，我知道你正为全军将士的饮水问题犯难。你的大帐附近，有一丛葱绿青翠的嫩草，我这里有一把马鞭，你用这把马鞭在那丛绿草上连击三鞭，就会有旺泉出来。"说着，仙长从神龛里拿出一把马鞭送给岳飞。

岳飞看看这把鞭子，既像马鞭，又像拂尘，有点不伦不类。岳飞将信将疑，正在胡思乱想，忽听牛皋大叫一声："岳大哥！"岳飞睁眼一看，原来是南柯一梦，可手里却真真切切地握着一把不伦不类的马鞭。

岳飞把梦中的情景告诉了牛皋，牛皋连说是神仙指路。岳飞拿着马鞭走出帐外，大帐一边果然有一丛绿油油的青草。岳飞暗暗祷告："请上天保佑！"说罢，他举起马鞭，望着那丛绿草连击三鞭。说来也怪，连击三鞭之后，平地里竟然"突突突"地冒出了泉水。将士们见岳飞用神鞭击出泉水，纷纷取水，可是任将士们人抬肩挑，泉水却越来越旺。将士们吃不完，让村里的老百姓也来取水，水还是用不完。后来，周围村庄的老百姓也纷纷来这里挑水，泉水还是用不完。

后来，岳家军拔营走了，村里的老百姓在这里修了一口井，这口井的水不但水旺，而且甘甜。为纪念岳飞帮他们找到旺泉，人们就把这口井叫作"岳王饮马井"，并把村庄改成岳村。时间过去好几百年了，"岳王饮马井"的水还是那么旺，还是那么甜。

八柳树的故事

新乡县有一个村庄，叫柳树屯。传说宋朝时，这儿还没有村庄，只是一个小小的黄河渡口，是岳飞率岳家军从这里渡黄河攻打金兵后，才成了村庄。

岳飞率岳家军在滑县南边的胙城和黑龙潭接连打了两场胜仗，把金兵打得哭爹喊娘，金兵一听说岳家军来了，转身就跑。可是，岳家军在这里打胜仗，朝廷却十分害怕金兵，他们见金兵打过来了，也不管老百姓的死活，就扔下大片的河山，向南一溜烟儿跑了。

岳飞眼看着国破家亡，金兵在河北到处烧杀抢掠，老百姓被迫东藏西躲，无家可归，肺都快要气炸了。他决心要率领岳家军，渡过黄河，迎战金兵，收复被金兵占领的大好河山，解救苦难的老百姓。

岳飞率岳家军赶到黄河边，滔滔的黄河水打着旋儿地翻滚着，黄乎乎的浊浪一波接一波，巨大的浪头有几尺高。望着奔腾不息的黄河水，岳飞十分犯愁。

岳飞派人沿岸寻找船只渡河，可是，军将们上下跑了几十里，连一只船的影子都没看到。原来，金兵占据新乡以后，把黄河渡口的大小船只都强搜走了，哪里还有船只呢！

岳飞站在黄河岸边，看着对岸远处的村庄被金兵烧得火光冲天，黑烟滚滚，心里涌起的仇恨浪花比黄河的浪头都高。可是，眼前的黄河风大浪急，深不可测，既没有船，又没有桥，怎样才能渡过河去呢？岳飞急得团团转，在黄河岸边走来走去。忽然，岳飞眼前一亮，他见黄河岸边有一排排粗大的柳树，心头一思量，有了主意，他叫来牛皋、王贵吩咐道："刨柳树，扎筏过河！"

可是，岳家军的纪律严明，他们从不白拿老百姓任何东西。用老百姓家的柳树扎筏子渡河，总得给主家一些钱财吧。岳飞派人拿着钱找柳树的主家，可找了半天，沿岸连一户人家也没有。原来，这一带的老百姓都被金兵杀光了，房屋也都被烧光了，这些柳树都成无主的树了。

找不到主家给钱，岳飞只好下令刨柳树扎筏。岳家军的将士们刨树的刨树，扎筏的扎筏，不几日，就扎起了几十只结结实实的柳树筏子。岳飞拣了个河面宽阔、水势平稳的地方，把柳树筏子推下水去，连夜摸黑渡过黄河。

柳树筏子下了水，将士和战马上了筏子，岳飞一声号令，几十只柳树筏子迎风破浪，划向对岸。

黄河水虽然浪高水深，但是柳树筏子沉稳结实，任凭激浪冲打，仍然稳稳当当。几十只柳树筏子在黄河水面上来来回回，运送着岳家军的几千名将士。直到天明，岳家军才全部渡过了黄河。

渡过了黄河，岳飞说：这些柳树是当地老百姓的，虽然他们有的被金兵杀死了，有的被金兵赶走了，但他们以后还会回来的。我们要把这些柳树筏子拆开，重新栽在黄河边，以后老百姓回来了，把这些柳树再还给他们。

岳家军说干就干，拆筏的拆筏，刨坑的刨坑，一会儿的工夫，一排排柳树又被栽到了黄河边上。不久，栽种的柳树都生出了绿油油的枝叶，成了一望无际的柳树林子。

后来，当地的老百姓陆续回到这里安了家、落了户，慢慢地成了一个村庄。因为村头的八棵柳树是岳飞亲手栽的，人们为纪念岳飞扎柳树筏子、夜渡黄河打金兵，就把这个村庄叫作“八柳树村”。

兵驻十八营

新乡市南面有一溜十八个村庄，每个村庄的名字里都带一个“营”字：七里营、八里营、刘庄营、沈小营、任小营、金家营、东营、西营、文营、孟营、秦营、臧营、马小营、沙窝营、古风营、罗旗营、东寺营、西寺营，南北东西呈十字形排成线。这些村庄名为什么都带一个“营”字呢？传说这是宋朝岳飞在这里率领岳家军抗金的时候安营扎寨、屯兵聚将的地方。

传说，岳飞带领岳家军连夜渡过黄河，在新乡南的七里营一带扎下营盘，准备攻打金兵占领的新乡城。先锋牛皋带领人马驻扎在东营，王贵带领人马驻扎在西营，张显带领人马驻扎在南营，吉青带领人马驻扎在北营，岳飞的中军大帐设在金家营，自己与汤怀、施全、吴伦、裘瑞等一班将领驻扎在这里，调集各路人马攻打金兵。

新乡县城建立在高高的黄土岗上，城墙又高又厚，金兵站立在城墙上看岳家军，就跟看菜盘子里的菜一样，看得清清楚楚。城外地势低，岳家军看不见城里金兵的活动。金兀术占领了新乡城以后，觉得这里城高墙厚，任凭你岳飞有天大的本事，也攻不进新乡城。金兀术在城里找了一个宅子，弄来一个美女，天天喝着美酒，美滋滋地做着美梦。一天，他爬到城墙上，从高处看岳飞的大营，得意忘形地哈哈大笑着说："岳南蛮，你有本事就打进来吧！"他把心放到肚子里，回屋抱着美女睡觉去了。

十八营的老百姓看到岳飞天天骑着马围着新乡城墙转来转去，为看不见城里的金兵而着急，就聚在一起说："咱们给岳家军垒个高台，让岳元帅站得高高的，好察看城里金兵的动向，指挥岳家军打金兵。"

十八营的乡亲说干就干，有的拿铁锨，有的拿镢头，有的担筐，有的推车，一起来到岳飞的大营前，挖的挖，抬的抬，男女老少一起干起来。一天的工夫，乡亲们用肩挑扛抬，在新乡城外堆起了四座又高又大的土堌堆，岳飞站在土堌堆上把新乡城里金兵的活动看得一清二楚。后来，岳家军打完新乡撤走了，留下了四座土堌堆，人们就把这四座土堌堆叫作"东王岳垒""西王岳垒""南王岳垒""北王岳垒"。

十八营的老百姓为岳家军垒起了四座瞭望台。岳飞说："乡亲们为了帮咱打金兵、杀金贼，不怕牺牲，不怕流汗，冒死在金兵的眼皮子底下挑土堆，垒起了瞭望台，我们岳家军也得为乡亲们做点好事呀！"牛皋、王贵、张显、汤怀、吉青等一帮兄弟们一听，都齐声说"好"。

可是，为老百姓办什么好事呢？牛皋说："咱们岳家军驻扎在十八营，

人多、马多、用水多，为了保证咱岳家军用水，乡亲们舍不得吃水，先让咱岳家军用，咱何不再多打几口井，让老百姓不再为水发愁。”岳飞连声夸牛皋说得好，并马上命各位兄弟传令各营连夜为村民挖井。一天工夫，就挖好了几十口水井。井多了，水多了，老百姓再也用不着为吃水发愁了。后来，岳家军撤走了，人们就把岳家军挖的土水井叫作“饮马坑”。

岳飞率岳家军在新乡打败金兵后，乡亲们怀念岳飞抗金的英雄事迹，就在岳家军驻扎的十八个村庄的名字后边加了个“营”字。只要一说村名，就知道是当年岳家军安营扎寨的地方。所以，这十八个村的名字都带个“营”字。直到现在，新乡还流传着这样一句话：“小冀到新乡，一溜十八营。”

生擒阿里孛

岳飞屯兵十八营，准备攻打新乡县城。他原计划和“八字军”一同攻城，可是，“八字军”首领王彦觉得金兵强大，自己的兵力不足，不想出战。岳飞年轻气盛，他怀疑王彦畏敌怕死，就独自跑到王彦的营中，把他臭骂了一通，一怒之下，自己率岳家军进攻新乡。

占领新乡县城的金兵是西路元帅粘罕的军队，守城大将是粘罕手下的一员猛将，叫万户王崇。王崇跟随元帅粘罕一路杀来，宋朝的守将大都贪生怕死，不等金兵到来，早已扔下城池，带着妻妾孩子，满载着金银财宝，像被狗撵的兔子一样，望风向南逃窜。所以，金兵不费吹灰之力，就占据了黄河以北的许多城池。金兵来到新乡，准备在这里休整一下，渡过黄河，南下夺取开封。他们丝毫没有想到，在这里竟然遇到了一支敢于攻打金兵的劲旅——岳家军。为了挫挫金兵的锐气，岳飞决心在第一仗就给金兵一个下马威，打一个大胜仗。

岳家军兵少，金兵人多，岳飞要集中优势兵力，引金兵出城，打一个伏击战。

新乡城西不远就是丘陵地带，一座座小山上长满了浓密的树丛。岳飞命令王贵率领一队精兵埋伏在北面的树林里，吉青率领一队人马埋伏在南面的小山上，自己率领大队人马正面迎击金兵。

十八营的乡亲们听说岳家军要在这里摆战场，杀金兵，也坚决请求岳飞安排他们和岳家军一起打金兵。金兵占领了新乡城后，到处杀人放火，抢劫财物，奸污妇女，真是无恶不作，十八营的乡亲们早就盼望朝廷派大军来赶走金兵，收复城池。岳飞见乡亲们求战心切，也分派他们随王贵、吉青埋伏到山里。

伏兵安排完毕，岳飞命令先锋牛皋率一队人马到城下挑战，只许败，不许胜，千方百计要把金兵引进伏击圈。牛皋得令，领着五百精兵，雄赳赳、气昂昂地来到城下，齐声叫骂："金狗，金狗，快出战，不出战就是王八蛋！"

金兵一路得胜，哪容得牛皋这般辱骂。千户阿里孛，不等主帅王崇下令，就带领手下三千金兵，打开城门冲杀出来。

牛皋见金兵过来了，与阿里孛打了几个回合，就吆喝一声，带着五百兵士向后便跑。阿里孛随后追赶。牛皋跑了一阵，见阿里孛不再追了，就又回过头来再叫骂一阵。阿里孛听到他们叫骂，就又带兵追赶过来。就这样，他们跑一阵，骂一阵，再跑一阵，再骂一阵，慢慢地把阿

里孛的三千人马，引进了岳家军的伏击圈。

牛皋走过了一座小山坳，把五百兵卒一字排开，不再往前跑了。阿里孛正要与牛皋决战，两边的山岗上突然喊杀声震天，王贵率一队岳家军从北边冲杀过来，吉青率一队岳家军从南边冲杀过来，岳飞率大队人马从后面截住了退路。跟随岳家军的众乡亲，则跟在岳家军的后面，一面敲锣打鼓，一面摇旗呐喊："杀金狗啊！""捉金贼啊！"山上山下，山里山外，到处是喊杀声；前前后后，左左右右，到处是锣鼓声。这喊杀声，锣鼓声，像狂风，像暴雨，震天动地，响彻云霄。阿里孛见四面八方都是岳家军的旗号，漫山遍野都是岳家军的人马，他往哪里冲，哪里都像铜墙铁壁；他往哪里跑，哪里都固若金汤。岳家军一路高呼："杀死金兵，为乡亲们报仇！"他们从山岗上、树林里、草丛中冲杀出来，举着大刀，挺着长枪，见金兵就砍，逢金兵就杀，一阵"咔嚓咔嚓"声，三千金兵多半成了无头鬼。

阿里孛带着剩下的残兵败将要往回跑，正遇岳飞挺着沥泉神枪、骑着青鬃白龙马挡住了去路。阿里孛这时已成了穷凶极恶的狼，他催动坐骑，舞着三百斤重的大砍刀，像刮风一样向岳飞扑来。岳飞不慌不忙，待阿里孛的大砍刀迎面砍来，一拍青鬃白龙马，青鬃白龙马灵活地向一边跳出一丈多远。阿里孛一刀劈空，再要收刀已来不及了。这时，岳飞已转到阿里孛的马后，他提起沥泉神枪，奋力向阿里孛横扫过来，这一扫，足有万钧之力，枪头正横扫在阿里孛的后护心镜上，只听"咔嚓"一声，阿里孛的护心镜被打得粉碎。这一扫把阿里孛震得满嘴吐血，脸也黄了，手也麻了，腿也软了，刀也扔了，他再也不敢与岳飞交手了，吓得心胆俱裂，忙伏鞍要跑，岳飞放马追来，没等阿里孛跑出树林，岳飞的青鬃白龙马就像闪电一样追上了阿里孛，岳飞伸手从背后抓住他的肋绦，轻轻一拽，就把阿里孛生擒活捉过来。

这一仗把阿里孛的三千人马杀得片甲不留，杀出了岳家军的威风，杀出了河北军民抗金的志气，吓得金兵再也不敢出城了。

强攻新乡城

岳飞用四面埋伏的办法，把金兵三千人马杀得片甲不留，就连猛将千户阿里孛也被岳飞生擒活捉过来，吓得新乡守城的金兵再也不敢出城了。牛皋、王贵、张显、吉青等轮流到城下骂阵叫战，可是任岳家军千骂万骂，金兵就是不出城。

岳飞心想，岳家军人少，士气高涨，利于速战，趁金兵胆怯的时候，要一举夺过城池。可是，如何才能尽快攻下新乡，赶跑金兵呢？岳飞派牛皋、王贵、张显、吉青率军攻城，他们架云梯，挖地道，用尽了各种办法，都没有攻进城里，而且许多岳家军的将士还被城上的金兵用滚木礌石打伤了。岳飞为这事急得吃不下饭，睡不着觉。

岳飞正为无计攻城而烦恼的时候，十八营的乡亲们来了，他们七嘴八舌地为岳飞出主意，想办法。乡亲们说：“架云梯，城墙高；挖地道，有护城河。这些办法不中，咱们何不用‘蚂蚁搬山’的办法，在城下用柴草沙土堆成一条路，直通城墙上，不但人好走，就是战马也能跑上去。”

岳飞听了，高兴地一拍大腿，说：“中，就这么办！”

新乡城外有成片成片的芦苇，十八营的乡亲们割来了无数的芦苇柴草，他们把这些芦苇捆成捆，又挑了三千多名身强力壮的小伙子，每人挑两捆芦苇，单等岳飞一声号令，就要冲到城下。

可是，城墙上的金兵防守得十分严密，人一走到城墙边，城上又是礌石，又是放箭，谁也走不到城墙跟前。怎么办呢？岳飞想了个办法，他命令牛皋、王贵、吉青每人带领一队人马，在一天夜晚，趁着夜幕的掩护，去新乡城的东、西、北三面擂鼓呐喊，假装攻城。守城的金兵听到喊杀声，真以为岳家军又要攻城了，急忙派兵遣将去东、西、北三门阻挡岳家军。牛皋他们攻一阵城，擂一阵鼓，弄得金兵东城挡一阵，西城挡一阵，东奔西跑了一夜，累得他们口吐白沫。到了黎明时分，正是离天明一阵黑的时候，东、西、北三路岳家军一齐呐喊攻城，全城的金兵都调到东、西、北三面去了，南面的金兵被引开了。岳飞趁守南门的金兵天黑看不见人的时候，一声号令，三千多名挑着芦苇的青年小伙子，一齐涌到城下，把成千上万捆芦苇一下子堆放到城墙边，垒得和城墙一样高。

岳飞见计策成功了，提起沥泉神枪，大喝一声，带头冲上城墙。汤怀、张显、吴伦、裘瑞、施全一班兄弟带领岳家军，也呐喊着跟着岳飞

杀上城去。守城的金兵万万没有想到岳家军从南门攻上来，他们来不及抵抗，早被岳家军“咔嚓咔嚓”杀个干干净净。岳飞冲上城楼，见一个彪形大汉正舞动着大纛旗调动金兵，一枪将他刺了个透心凉。他一面夺过金兵的大纛旗，一面高声喊道：“冲啊！杀啊！”岳家军见岳飞如此身先士卒，冒死冲锋，也都舍生忘死，奋力地冲向敌人。

城门被打开了，岳家军像潮水一般，齐声高喊着，挥枪舞刀，杀进城去。那些挑芦苇的小伙子们见岳家军人人生龙活虎，个个奋不顾身，也拿起扁担、木棍，跟着岳家军喊着往城里冲去。

十八营的乡亲们早就恨透了那些无恶不作的金兵，全都跑来为岳家军助威呐喊。乡亲们把早已准备好的火把一齐点燃，跟着岳家军一面挥舞着火把，一面齐声呼喊：“冲啊！”“杀啊！”“不要让金兵跑了啊！”几万个火把排成一条望不到头的火龙，几万个怒吼的声音，像雷霆，又像海啸，响彻云霄，声震大地。

新乡城里的守将是万户王崇，他正指挥守城的金兵阻挡东、西、北三面的岳家军，没想到南门被岳家军打开冲了进来。他见城里城外哪里都是火光冲天，街头巷尾到处都是喊杀震地，吓得连家小也顾不上带，就急忙带领几个千户亲随，打开北门，骑着快马慌慌张张地往石门山逃跑了。

十里长席

岳飞在新乡打了个大胜仗，守城的金兵被杀的杀、砍的砍，岳家军杀得金兵尸横满街、血流成河。没死的金兵也都焦头烂额，灰头土脸地跟着守城的大将王崇逃出城门，一窝蜂向北跑了。

金兵在新乡的时候，为准备渡过黄河攻打开封，在新乡城周围抢夺了老百姓许多东西。他们为了寻欢作乐，还抢来了很多年轻的姑娘和媳妇。打下新乡城，岳飞一边命令岳家军张贴告示，以便让乡亲们认领自家的亲人，一边打开仓库，向老百姓分发财物。一连三天，新乡城里像赶大会一样。有的在寻找被抢走的亲人，有的在仓库前排队领取财物。有的找到了亲人相互抱头痛哭，有的领取了财物开怀畅笑，满新乡城到处是哭的哭，笑的笑，有的蹦，有的跳，欢腾的人们奔走相告，真是热闹得不可开交。

赶跑了金兵，乡亲们高兴极了。有的找到了被抢的亲人，要来感谢岳飞；有的分得了财物，也要来感谢岳飞。大家都争着要岳飞到他们家去做客，岳飞都一一谢绝了。

岳飞说："我们在新乡打了个胜仗，是在众位乡亲的帮助下才打赢的。要说感谢，是我岳飞感谢乡亲们才对。"

乡亲们不依，来感谢岳家军的，还是来了一拨又一拨，送走了一批又一批。有的抬着肥猪，有的牵着肥羊，有的送酒，有的送菜，大小车辆，人山人海，在岳家军的大营外排起了长长的队伍。岳飞好说歹说，千推万辞，乡亲们就是不肯回去。

岳飞还要再推辞，乡亲们"扑通"一声跪在地上说："您要是再不肯收下我们的礼物，我们就不起来！"

岳飞一看乡亲们盛情难却，连忙把几个为首的扶起来，说："乡亲们，若要我收下你们的礼物，你们得答应我一个条件。"

乡亲们说："岳将军，你说吧，别说一个条件，就是十个、百个，俺们也都依你！"

岳飞说："好！既然你们弄来了这么多酒肉菜肴，光我们岳家军也吃不完，请你们把十八营的众位乡亲都请来，我们一起来共餐庆贺庆贺，你们说怎么样？"

乡亲们无奈，只好把十八营的乡亲们都叫来了。岳飞吩咐岳家军将士和乡亲们，从新乡城南门向南，一直通到七里营，沿路都铺上苇席，拉起帐篷，岳家军把各村送来的猪、马、牛、羊、鸡、鸭、鱼肉，一齐端上来，众位乡亲和岳家军的将士们，八个一伙，十个一堆，坐的坐，蹲的蹲，一团团，一堆堆，整整排了十里多长。军民们你敬我，我敬你，你让我，我让你，喝酒行令，举杯共庆，大家高高兴兴，共饮胜利酒，同唱庆功歌，欢欢喜喜，热热闹闹，直到月上树梢，万家灯火，还没有散席。

正当岳家军和众乡亲们沉浸在无比欢乐中的时候，忽听远处传来阵阵“咚咚锵”“咚咚锵”的战鼓声，随着由远而近的战鼓声，一群青年排着整齐的队伍，擂起牛皮战鼓，雄赳赳、气昂昂地来向岳家军献鼓。那群擂鼓的小伙子，个个威武雄壮，敲打的战鼓声如雷鸣，震得大地直摇晃。十里长席顿时又欢腾热闹起来。

这是怎么一回事呢？原来孟营村一带的乡亲们，世世代代做皮鼓，他们用祖传秘技做的鼓，敲起来声音响亮，震天动地，历朝历代都是专为国家军队制作战鼓的。岳家军驻扎十八营，打败了金兵，孟营村的鼓匠们一合计，何不做一百面战鼓送给岳家军，好让岳家军敲敲战鼓，鼓一鼓士气，多杀金兵，多打胜仗。

一百面大鼓一齐敲响，“咚咚锵”“咚咚锵”，鼓声越敲越响，响彻夜空，震撼大地，鼓声为十里长席增添了欢乐，为军民同宴助长了喜庆，震得星星眯起了眼，敲得月亮笑弯了腰。

鼓声声震长空，十里长席喜气洋洋。岳家军和十八营的乡亲们手拉手、心连心，军民团结，血肉相连。

岳飞激动得心潮起伏，热泪盈眶，在皎洁如雪的月光下，他仗剑歌唱道：

号令风霆迅，天声动北陬。
长驱渡河洛，直捣向燕幽。
马蹀阏氏血，旗枭可汗头。
归来报明主，恢复旧神州。

好几百年过去了，至今人们仍然没有忘记岳飞率岳家军在新乡打金兵、在这里摆十里长席、与十八营的乡亲们同庆胜利的盛事，没有忘记孟营村送战鼓壮军威、帮助岳家军打胜仗。从那以后，孟营村的战鼓更出名了，直到现在还流传着“推车下孟营——贩鼓”和“十里长席——军民一心”的佳话。

骆家庄筑寨抗金

内黄县城南边不远处有个村庄叫骆家庄，这个村庄虽然不是集市大镇，但因为依山傍水，倒也风光秀丽。庄里有一大户人家，偌大的庄院坐落在村子正中央，黑漆光亮的大门，门口蹲坐着两只威风的大石狮，深邃的庭院古朴典雅。这家庄院的主人正是骆敬然。骆敬然是内黄县有名的豪富士绅，他有两个儿子，一个叫骆炳勋，一个叫骆炳辉，兄弟俩在黄河边的宝刹大兴寺跟一空大师学习武艺，练就了一身好功夫。

靖康年间，金兵大举进攻中原，攻破宋朝都城汴京开封，掳走了宋朝的徽宗、钦宗两个皇帝和三千多名皇族、官员、宫女。不久，金兵再次南下，破相州、陷大名，汤阴、黎阳、滑州也相继沦入敌手。黄河以北的广大地区，皆落入金兵的铁蹄之下。金兵所到之处，大肆烧杀抢掠，往日美丽富饶的华北平原，成了尸横遍野、一片狼烟的人间地狱。

骆敬然是个血性汉子，他见金兵残害中原百姓，气得须发都奓开了。他马上与周边几个村的会首联络，挑选出五百多名精壮青年，组织抗金武装，集合到骆家庄进行军事训练，并出资修筑寨墙，决心保家护寨，抵抗金兵。

又是一个血雨腥风的日子。龙虎大王率金兵攻破了内黄县城，纵兵抢掠三日，城内百姓尽遭屠戮，房屋全被烧毁，财物被洗劫一空。骆敬然站立在寨墙上，望着黑烟滚滚的内黄县城，老泪纵横，号啕大哭。夜里，骆敬然吩咐两个儿子骆炳勋、骆炳辉带领一队庄客，趁黑夜偷袭金兵营寨，救出了五十名被掳去的百姓。

金兵营寨遭袭，龙虎大王非常恼怒。当他得知偷袭金营的是骆家庄的庄客，就立即派兵攻打骆家庄。

骆家庄的西边、南边是黄河决口留下的水汊，北边是一道十余丈高的黄土岭，只有东边有一条大路直通寨里。骆敬然召集全村百姓在村庄周围修筑了一道又高又厚的寨墙，寨墙上布满了礌石滚木，五百名训练有素的庄客在骆敬然的率领下，和全村男女老少团结一致，同仇敌忾，决心同金兵拼死一战。

龙虎大王满以为对付一个小小的骆家庄不过是小菜一碟，谁知一碰，才发现竟然是一块啃不动的硬骨头。龙虎大王率领金兵攻打了三天三夜，除了在寨外撂下几十具金兵的死尸外，连骆家寨的寨墙根都没有走到。

龙虎大王是金军统帅二太子完颜斡离不（宗望）帐下的一员猛将，自进入中原以来，还未碰到过这样顽强抵抗的村寨。三天三夜没有攻下

一个小小的村寨，龙虎大王被完颜斡离不狠狠臭骂了一顿。

第四天中午，龙虎大王对骆家寨进行了更为猛烈的攻击，亲自率领一万名金兵，调集几十艘大船和两门土炮，分兵四路，围攻骆家庄。

骆敬然在强敌面前沉着镇静，指挥全村百姓拼死抵抗。他的两个儿子骆炳勋、骆炳辉更是身先士卒，哪里有敌人，就冲向哪里。

“轰、轰、轰”，金兵的土炮冒着滚滚浓烟，像一团团火球射向了寨门，寨门顿时燃烧起来，不久便轰然倒塌。站在寨墙上指挥作战的骆敬然被烧得面目全非，一条腿也被砸断了。骆炳勋、骆炳辉把身受重伤的父亲抬到一个安全的地方，又继续率领庄客和村民守卫寨墙。

傍晚时候，金兵调来更多的部队，大队的金兵像一群饿狼，从四面八方号叫着冲进村寨里。庄客和百姓凭借着高墙土屋与敌人展开激烈的巷战。

骆敬然见大势已去，就把两个儿子叫到跟前，说：“儿啊，我们生是宋朝的人，死是宋朝的鬼，要誓死抗金。我年岁已高，又身负重伤，你们兄弟俩不要管我了。我听说岳飞正率领岳家军抗金，你们两个投奔岳家军去吧！”说罢，拿出宝剑，自刎身亡。骆炳勋、骆炳辉见父亲已死，就忙推倒一座土墙，把父亲草草掩葬了，然后各骑一匹战马，挥刀冲出敌阵，投奔岳家军去了。

强攻石门山

金国的大将万户王崇被岳家军赶出了新乡城，带着手下的残兵败将狼狈地逃到辉县西北的深山里。

辉县西北的山叫石门山，山口相对耸立着两块陡峭的石壁，就像两扇敞开的大门。石门山山高沟深，道路崎岖。山，高得插在云彩里，连苍鹰都很难飞过去；沟，深得黑咕隆咚、看不见底，往山沟里扔块石头，半天才能听到声响；道路，窄得像根细细的绳子，弯弯扭扭缠绕在山上，爬一座山，绕两圈，爬九座山，绕十八圈，人称九山十八盘。人们常说：世间莫走九山十八盘，看不见顶的山头，望不见底的深涧，上盘如登天。

万户王崇慌慌张张地向西北深山里逃跑，前有高山挡住去路，后有岳家军拍马舞刀地追来，急得两眼翻白眼珠，浑身直流冷汗。他带着人马在山下转来转去，转得他晕头转向，也找不到上山的路。后来，他抓来一个砍柴的樵夫，问了路径，才发现两座悬崖中间有一条石缝，也不顾好歹，急急忙忙钻进石缝里。这条石缝就是石门山的入口——石门。

王崇绕过十八盘，进了侯兆川，他上看看山，下瞅瞅路，又高兴起来了。他想起岳飞那雪亮的丈八虎头沥泉神枪，摸摸流血化脓的伤口，恨得牙齿咬得嘎嘣嘎嘣响。

他恶狠狠地对山下的岳家军说："岳南蛮，你们有本事就上来！"

他在石门山的山前山后都派出重兵把守，自己则在石门山顶扎下营寨，梦想凭借十八盘曲折而上的险要地势，与岳家军对峙决战。

岳飞带领岳家军乘胜追击，追到石门山下，见王崇上了十八盘，就尾随而上攻山夺盘。岳家军一连攻下了八道盘、四座山，到了九道盘时，道路越来越窄，山势越来越陡，陡峭的山路只能容下一个人攀扶着石壁才能前行。金兵居高临下，在盘上，不用刀枪，伸腿就能踩着岳家军的头顶。岳家军奋力猛攻，只听一声巨响，金兵从盘上扔下无数的滚木、礌石，岳家军正在曲里拐弯的盘山道上，躲没处躲，藏没处藏，有的被当场砸死，有的被礌石砸伤，有的掉到深不见底的山沟里摔死了。岳飞也被礌石、滚木砸伤了胳膊，碰伤了腿，要不是急中生智抱住山坡上的一棵树，险些掉到鹰愁涧里。岳飞率岳家军又攻了几次，眼看天色已晚，岳家军又稀稀拉拉地分散在盘山小道上，根本无法上山，岳飞只好传令收兵，退回到石门山下屯兵扎营。

金将王崇见岳家军撤退到山下，像三伏天吃了解渴的西瓜，心里说不出的高兴。他张开大嘴驴叫似的吆喝道："岳家军退啦，岳家军退啦！"

王崇眼睛眨巴了一阵子，想了个主意：下山偷营，活捉岳飞，以解我心头之恨。

这天夜里，岳飞和岳家军虽然都人困马乏，但岳飞熟读兵书，算准了金兵要来劫营，便吩咐张显、王贵、牛皋、吉青、施全等分兵埋伏在营寨四周，自己和汤怀、裘瑞、吴伦坐在大帐里等待敌人。

王崇知道岳飞用兵如神，他下山偷营劫寨，也怕中了岳家军的埋伏。他先派人去岳家军的营寨里侦察打探了一番，见大营里黑黢黢的，打更的锣声有一声没一声的，只有岳飞的大帐里还有点灯火，整个营寨一片寂静。王崇判定岳家军一定没有防备，就舞动着大刀，催动金兵呐喊着杀进宋营。

王崇见岳飞还端坐在大帐里看书，刚要催马进去，猛听得营寨四周炮声齐鸣，牛皋、王贵、张显、施全、吉青各带一路人马一齐杀了进来。王崇见中了岳家军的埋伏，拨马就往回跑，等他跑回到石门山上时，他带去的人马只剩下十几个伤胳膊断腿的残兵败卒了。这一仗打得王崇再也不敢下山了。

岳飞率岳家军屯驻在石门山下，围困山上的金兵，围了一个多月，上山上不去，退回又不甘心。岳飞在大帐里饭也吃不好，觉也睡不着。

一天夜里，岳飞在大帐里刚刚睡下，忽听大帐的门帘一响，闪身进来一位道人，只见他身穿藏青色的道服，手拿拂尘，雪白的胡须飘在胸前。

岳飞见道长进来，忙起身相迎，拱手道：“道长是从哪里来的？小生

岳飞这里有礼了。”说着，他急忙上前搀扶道长坐下，又吩咐卫兵为道长泡茶倒水。

道长喝了一口茶，用手拂了拂胸前的长髯，说：“我本是云梦山的云游道人，今天特来助你攻夺石门山。”

说着，他从岳飞的帅案上抽出一支笔，在一张纸上画了一张图，又从衣袖里抓了一把芦苇叶交给岳飞，说：“这些东西岳将军必有用处。”

说罢，道人一闪就不见了。岳飞用手去拉那位道人，手不自觉碰到床边的帅案，岳飞惊醒了，原来是一个梦。

岳飞掌灯坐起身来，发现帅案上果然有一张地图，仔细一看，正是进攻石门山的道路。

岳飞连夜召集牛皋、王贵、张显、施全、吉青一班将领，在大帐里研究进攻石门山的办法。第二天，岳飞派人在石门山周围进行侦察，果然发现有通往石门山的道路。

石门山下的老百姓听说岳家军要攻打石门山的金兵，自动背着粮食、推着柴草，往岳家军的军营里送。岳飞不肯收，众百姓说：“岳家军冒死打金兵，保护俺们老百姓，俺们虽然不能跟着岳家军冲锋陷阵，但拿出点粮食柴草是应该的。”这时候，岳飞正为粮草不济发愁呢，见老百姓送来了粮草，又见他们如此诚恳热心，他就收下了。

第二天，岳家军吃得饱饱的，战马喂得足足的，刀枪磨得亮亮的，箭箙装得满满的，分兵四路攻打石门山。牛皋、王贵、吉青各带一队人马绕道上山，岳飞率一队人马攻打十八盘。

岳飞带着岳家军走过一条小溪边，见小溪边长满了碧绿的芦苇，芦苇叶在微风的吹拂下沙沙作响。岳飞猛然想起，这芦苇叶就是梦中那位道长从衣袖里拿出的东西，他说这东西必然有用，想来一定有用。他命岳家军每人揪了一把芦苇叶，他自己也揪了一把拿在手中。他率领岳家军攻打到十七盘的时候，金兵又推下礌石、滚木，岳飞把手中的芦苇叶一撒，那些芦苇叶迎风变成了无数支漫天飞舞的利剑，追着山上的金兵刺，吓得金兵连箭也不敢放了，滚木、礌石也不敢推了，人人捂着脑袋、绕着盘顶乱跑。岳家军乘势杀上了山顶，把那些乱窜乱跑的金兵杀了个片甲不留。金将万户王崇见岳飞率岳家军杀上来了，抡刀与岳飞在山上大战起来。岳飞舞动沥泉神枪越杀越勇，王崇边打边退，当他退到盘顶的石崖边时，岳飞大喝一声举枪刺来，王崇往后猛地一躲，一只脚踏在了山崖的一块活石头上，王崇“哎呀”一声大叫，连人带石头摔落到万丈深渊里去了。

张二青大闹王八寨

张二青和李二青自从在内黄县麒麟村，跟着岳飞学了几路枪法拳脚后，回到河道村就日夜练习。他俩也想像姐夫岳飞那样，练就一身好武艺，以后好为国家出力，为百姓造福。后来，李二青的堂伯李通回河道村省亲，他见这两位兄弟身强力壮，就为他俩请了一位枪棒师傅。无奈，张二青和李二青两个人天生愚笨，对老师教授的各种兵器和拳法，总是一知半解，学不到位。枪棒师傅教了几日，见他俩愚顽不可教，也就弃之不教了。好在他二人生就有一股子蛮力牛劲，武艺虽然不精，却有无穷的力量。他俩仗着力大无穷，逢集遇会，总要寻隙跟人打架斗狠，常常把人打得筋断骨折，他们的父母没少跟着他们吃官司、赔钱财。

张二青和李二青长到十七八岁，两人都像铁塔一样壮实。他们在练武的时候，不是嫌弓轻，就是说枪飘，总是找不到一件顺手的兵器。后来，他俩听老人讲故事，说唐僧去西天取经时，有一个徒弟叫孙悟空，手使一根金箍棒，一下子就能打死十万天兵天将。于是，他俩就跑到龙门黄河渡口，把一头镇黄河的铁牛抱回家来，打造了两根重一百二十斤的乌漆铁棍。哥俩有了称手的兵器，更加得意忘形，成天舞着碗口粗的大铁棍，东游西逛，越发连家也不回了。时间长了，家里人也懒得理他们，任由他俩闲逛胡闹。

一日，张二青和李二青去白马县城玩耍，县城的人都在谈论岳飞在神马山聚将练兵，抗击金兵。他俩也不告诉父母，就直奔神马山，寻找姐夫岳飞去了。他俩到了神马山，岳飞早已率领岳家军离去多日了。李二青和张二青一合计，就顺着黄河故道，迈开大步一路追赶下去。追了三五日，他们连岳家军的影子也没见到，找人打听，也没人知道岳家军的去向。原来，哥俩在向人打听岳家军的去向时，总是粗声大气，行人见他俩相貌凶狠，说话好似打雷一般，谁敢与他们正面说话，吓得胡乱指点一下，掉头就跑了。结果，本来岳家军是沿着黄河向西南去了新乡，他俩却是顺着黄河故道，一直向东北追下去了，真是南辕北辙，越追越远了。

这一日，张二青和李二青来到一个叫王八寨的地方，哥俩走得又饥又渴，街头正好有一家酒店，他们也不问好歹，进店拣了个上等座位就坐下来。哥俩要了一坛酒，又让店家切了几斤肉，也不用店家在一旁服侍，自顾自地大吃猛喝起来。哥俩正吃得高兴，忽听店外喧闹起来，有的暴喝，有的哭叫，有的苦苦哀求，有的浪声奸笑。张二青推开窗子，

探头往外看，只见一群恶棍正在抢拽一位年轻姑娘，姑娘的父母跪在地上，死死地抱住一位公子哥的腿，苦苦哀求着。公子哥一脸横肉，歪鼻斜眼，嘴巴好似害吊线风一样向下耷拉着，口水一串串地往下滴答，谁看着都嫌恶心。公子哥的腿被两位老人抱着，挣也挣不开，走又走不动，气得哇哇大叫。有两个恶奴跑过来，硬把两位老人的手掰开，一脚把他们踢翻在地，然后两个人一边一个架住公子哥的胳膊，一溜烟儿跑了。

张二青见光天化日之下，有人竟敢调戏良家妇女，无名大火直撞脑门，一股怒气冲天而生。他返身操起乌漆铁棍，连蹿带蹦地追上那群恶奴，把手中的铁棍横向一挡，怒喝道：“快把人给我留下，敢说半个不字，张二爷就拧下你们的胳膊，打断你们的狗腿！”

歪嘴公子哥见有人挡路，结结巴巴地说：“我……我说，你……你是哪里来的浑小子？敢……敢不让俺过去。”只见他一招手，说：“小……小子们，给我上，把……把这浑小子弄……弄……弄到一边去！”不等歪嘴公子哥说定，已有两个愣头青抽出短刀，恶狠狠地向张二青的面门劈来。张二青见刀势来得凶猛，举起乌漆铁棍，迎着刀锋用力一磕，只听“当”的一声，把两把刀都磕飞出去。两个恶奴的双手都被震得虎口流血，疼得“哎呀”“哎呀”地叫着跑了出去。

“都……都上！”歪嘴公子哥气急败坏地大声嚷叫。十几个恶棍闻声一齐操起家伙，举刀的举刀，拧枪的拧枪，把张二青围在核心。张二青也不管三七二十一，舞起大棍，迎战群狼，只听得一阵“乒乒乓乓”乱响，有的碰坏了刀，有的弄折了枪，有的被扫伤了腿，有的被打断了腰。

被打伤的躺在地上直叫唤，没伤的恶奴见张二青棍粗力猛，谁也不敢上前与他硬碰，只是围着张二青乱喊乱叫道：“打、打、打。”

在混战中，张二青见抢来的年轻姑娘被硬塞进一顶小花轿里，抬起来顺着大街就往东跑。张二青撇下众恶奴，奋力追上轿子，把铁棍往下一扫，早把抬轿子的两个恶奴扫翻在地，四条腿断了两条。张二青也不管两个恶奴的死活，伸手从轿子里拉出那位姑娘，说：“快跑！”姑娘眼泪汪汪地向他点点头，踉踉跄跄地往人群中跑去。几个恶奴正要去追，张二青拿粗大的铁棍一挡，把他们都吓得缩了回去。

双方正在僵持，李二青在店里结完账也跑来了。他见地上躺着几个被打伤的恶奴，有的抱着头，有的扳着脚嗷嗷乱叫，街上一片狼藉，满地都是血。他怕时间长了闹出大事儿，就拉起张二青，一溜烟儿冲出人群跑了。

李二青火烧龙泉寺

张二青、李二青大闹王八寨，两人怕人追赶，扛起铁棍，往西狂奔而去。他们飞跑了一阵，见无人追赶，就又信马由缰地游荡闲逛起来。

一日，他俩渡过黄河，来到一个集镇上，偌大一个集镇，却人少店稀，连一个像样的酒店也没有。在集镇的西北角寨墙下，他们好不容易找到了一个扎着幌子的小酒店，两人也不问价，进门就大呼大叫地要店家上酒上肉。店家是一位五十开外的老者，见是两位莽汉，他忙上前招呼说："二位客官，小店实在是没有好酒好肉，只有自家酿制的黍酒，还有刚刚炖熟的一只公鸡，若不嫌弃，小老儿这就奉上。"张二青、李二青听说有酒有肉，也不管好坏，只连连嚷道："快快端上来。"

张二青、李二青吃喝了一会儿，忽然发现这家小店里除了他们二人外，竟没有别的客人。两人不禁好奇起来。

李二青问：“老丈，这里咋没有别的客人？”

店家满脸愁愤地说：“哪里还有什么客人！集镇上的人死的死，逃的逃，谁还有闲情喝酒行乐？”

店家说，这里是河北西路相州永和县，这个集镇叫回龙镇，过去这里是车水马龙，客商云集，集市十分繁荣。可是，自从金兵杀过来以后，他们见人就杀，见东西就抢，好大一个集镇，如今竟成了一个空寨子。店家还告诉他们，听说有个叫岳飞的英雄，率领岳家军抗击金兵，这里的年轻人都投奔岳家军去了。张二青、李二青忙问岳飞在什么地方。店家也只知道岳飞在滑州、新乡一带打仗，具体在什么地方，他也说不清楚。

张二青、李二青打听到了岳飞确切的消息，高兴得一夜也没有睡好觉。第二天天还没亮，哥俩就早早起来，趁着淡淡的月光，顺着黄河直奔新乡而去。这时候，正是深秋初冬时节，因为金兵杀人放火，极尽抢掠之事，一路上到处是残墙断瓦，颓垣败屋，满目是焦土黑烟，饿殍遍野，真是“地近蓬蒿堆白骨，巷无人迹长苍苔”。他们见到大队的金国骑兵横冲直撞，成群的逃难百姓结队而行。张二青和李二青虽然是粗人，但见到金兵到处烧杀抢掠，无恶不作，也都气得火冒三丈，恨不得立即跟随岳飞大哥冲锋陷阵，杀尽金兵。

这一天，他们来到太行山南麓一个叫共城山的地方，哥俩正在一家路边小店吃饭，忽听店外人唤马嘶，行人纷纷躲让在路旁。不一会儿，一队金国骑兵押送着长长的车队，一路鸣锣开道，浩浩荡荡而来。张二青、李二青隔着窗户往外瞧，只见一辆辆四轮牛车，“吱呀”“吱呀”的一辆接一辆，车上装满了抢来的衣物粮草等。后面的车上还装着几十个被绑着的年轻姑娘，个个泪流满面，饮泣痛哭。张二青眼里喷射出愤怒的火焰，他操起乌漆铁棍就要跳出去与金兵拼命。李二青一把拉住张二青的胳膊，说：“二哥慢着，他们人多，在这里咱俩赢不了他们，咱不如悄悄跟着他们，看他们把这些人和财物运送到什么地方，再做打算。”张二青想想也是。哥俩胡乱吃了几口，向店小二扔了一把小钱，也不管多少，掂了铁棍，尾随着车队慢慢行走。

约莫走了两个时辰，车队来到一个叫龙泉寺的寺庙附近，寺庙周围堆满了粮草杂物，一座一座粮堆草垛，像一座座小山，杂乱无章地堆放着。原来这里是金兵的一座草料场。押车的金国骑兵把装满财物的车辆交给草料场的兵士，然后，牵拉驱赶着坐在后边车上的年轻妇女，进了寺院山门。

李二青和张二青躲藏在不远处的小山上，把这里的一切看得清清楚楚、明明白白。李二青附在张二青耳旁，小声说道：“张二哥，金兵抢了咱恁多东西，咱也不能让他都得了去。”

夜幕慢慢降临，晚秋的山风吹得呼呼直响。俗话说：十七，十八，落黑眼瞎。这日正是九月十九，太阳落山不久，这里已是漆黑一片。不知什么时候，天空布满了乌云，正是人们常说的“双月黑头”，伸手不见五指。李二青摸出火链和火绳，一份给了张二青，一份自己装好，两人分开向龙泉寺前的草料场摸去。他俩绕过金兵巡逻队，把点燃的火绳一根

一根地插放到干草垛的上风头。风一吹，火绳燃起了火苗，一堆接一堆的干草垛燃起了熊熊大火。风借火势，火借风威，不一会儿，整个草料场就成了一片火海。刚刚进入梦乡的金兵，在火海中乱窜瞎撞，没跑出去的都葬身在了火海之中。

李二青和张二青待草料场的火光把半边天都烧红了，才又蹦又跳地走了。

计杀龙虎大王

岳飞率岳家军扫平了石门山，又沿着太行山东麓北上，在胙城活捉了金将千户拓拔耶乌。经过污泥河练兵，岳家军已是兵强马壮，斗志昂扬。

一日，岳飞与王贵、牛皋等众位兄弟正在中军大帐议事，中军禀报说营外有骆炳勋、骆炳辉两兄弟求见。岳飞早已知道骆氏兄弟的大名，张显、王贵、汤怀听了更是欢喜。众位英雄急忙整衣出门迎接。骆炳勋、骆炳辉见了岳飞，“扑通”一声跪倒在地，号啕大哭地说：“金贼杀我父母，屠我村庄，我们兄弟俩要追随岳将军杀金贼，夺失地，为死难的亲人报仇雪恨。”

岳飞命张显、王贵、汤怀搀扶骆家兄弟休息养伤，又派出探马打探龙虎大王的行踪。

不几日，张二青、李二青也找到了岳飞。岳飞见了两位兄弟，更是欢喜。

且说龙虎大王攻破了骆家庄，纵火烧了村寨，庄内不论男女老少皆被屠杀殆尽。他得知骆家父子是率众抗金的首领，四处搜寻。查找了几日，没见到骆氏父子的影子，也只好作罢。

龙虎大王原是金国二太子完颜斡离不（宗望）手下的大将，后来，金国四太子金兀术跟随宗望南下攻打中原，他又成了金兀术的部将。龙虎大王鬈发虬髯，深目碧眼，豕喙隼鼻，脸如锅底，身长一丈开外，手使一柄狼牙棒，骑一匹五花斑马，有万夫不当之勇，是金国军中有名的龙虎大将。这位龙虎大王凶悍无比，非常喜欢杀人，他每攻破一个城池村寨，都要纵兵焚烧屠杀，不留活口。另外，他还有一个爱好就是吃人肉、喝人血，尤其喜欢吃年轻女人和小孩的血肉，并把年轻女人说成“下羹羊”，把小孩子称作“和骨烂”。每到一地，他都要派人搜寻年轻女人和小孩子，供他吃肉喝血。

龙虎大王屠了骆家庄，又一路南下西行，先后攻破了白马、昆吾、朝歌、林虑诸县城，凡他走过的地方，无不房焚屋毁，尸骨成山。

这一天，岳飞带领岳家军正在操练人马，忽然探马来报，说龙虎大王血洗了朝歌城，带着大队金兵驻扎在苍峪山中的黑龙潭。

岳飞听闻大喜，即刻擂鼓聚将，命牛皋为先锋，王贵为副先锋前行开道，自己亲率岳家军往黑龙潭进发。临行前，岳飞对牛皋、王贵如此这般交代一番，二人兴高采烈地领命而去。

牛皋、王贵率五百名精兵飞速前进，可是到了苍峪山口，却被险峻的大山阻住了去路。原来，黑龙潭在苍峪山的腹地，山口石壁陡峭，沟深山险，山口有一队金兵把守，人马无法通过。牛皋、王贵不等岳飞到来，就骂阵叫战。

龙虎大王自从来到中原，遇城破城，逢寨屠寨，宋朝的官兵见到他便望风而逃，哪个敢在龙虎大王面前道个不字。今日见有两个不知高低的娃娃叫战骂阵，不由得心头火起，他提起狼牙棒，跨上花斑马，像旋风一般冲出营门。

牛皋见龙虎大王出阵，上前暴喝道："呔，来将何人？快快报上姓名，牛爷爷不杀无名之鬼！"

龙虎大王在马上答道："俺乃金国四太子金兀术帐下大将龙虎大王是也。两个南国娃娃报上名来！"

牛皋和王贵见是杀人如麻的龙虎大王，也不通报姓名，一个挥举大刀，一个舞动双锏，双双迎战龙虎大王。

三人战了二十余回合，牛皋、王贵二人战龙虎大王不下，牛皋对王贵说："你我都不是他的对手，等岳飞哥哥来了再战吧！"说罢，一声呼哨，撇下龙虎大王，两人一溜烟儿跑了。龙虎大王也不追赶。

第二天，岳飞率岳家军赶来，牛皋、王贵说龙虎大王武艺高强，二人一同出战也战他不过。岳飞听了，只是笑笑，也不言语。牛皋、王贵退到一旁。

岳飞在山口扎下营寨，次日即命吉青、施全出战。吉青、施全与龙虎大王战了三十回合，败回归队。岳飞命张显、汤怀出战，战了三十回合，又败回归队。岳飞再命骆炳勋、骆炳辉出战，不出几回合也败回归队。第二天接着再战，岳家军轮番与龙虎大王交战，结果都败在龙虎大王的狼牙棒下。

第三天，龙虎大王指名要岳飞出战。岳飞与龙虎大王战了百余回合，最后也假装不敌，败下阵来。

一连三日，岳家军连败十多阵。龙虎大王见岳家军个个中看不中吃，打一阵，败一阵，不由得哈哈大笑道："都说岳家军战无不胜，今日看来，原来都是些酒囊饭袋。"

第四天夜里，突然阴云密布，狂风大作，顷刻间又下起了瓢泼大雨。岳飞命张显、汤怀守住营寨，自己率领牛皋、王贵、吉青、吴伦、骆炳勋、骆炳辉、张二青、李二青众位兄弟，披挂齐整，冒雨冲进雨中，直向黑龙潭金兵大营驰去。

龙虎大王连败岳家军数阵，早不把这一群娃娃放在心上。这天他见狂风夹杂着大雨，整个天空就像一口大锅扣在大地上，估摸着岳家军也不能进得山来，就酒足肉饱以后呼呼大睡起来。在睡梦中，忽听人马吵嚷，杀声震天，龙虎大王急忙操起狼牙棒打出帐外，慌忙中连鞋也顾不得穿上。他刚跑出大帐，正遇岳飞挺着沥泉神枪冲杀过来。岳飞背后紧随着骆家兄弟。骆家兄弟见是龙虎大王，真是仇人相见，分外眼红。岳飞与骆家兄弟三人大战龙虎大王。龙虎大王一来酒醉未醒，二来没有甲胄马匹，黑夜中步战三员大将，先是腿上中了岳飞一枪，后被骆炳勋砍

伤了胳膊，忙乱中赤脚又踩在金兵丢弃的刀口上，脚下顿时鲜血直流。龙虎大王皮糙肉厚，虽然他已多处受伤，浑身血流不止，仍然一瘸一拐地蹦来蹦去，与岳飞死战。

骆炳勋、骆炳辉报仇心切，双双挥刀直取龙虎大王面门，龙虎大王转身迎战，背后露出空当，岳飞大喝一声，一枪刺中龙虎大王的左肋，奋力一挑，竟把他抛出三丈多远。龙虎大王号叫一声，摔倒在地，骆氏兄弟一同上前，挥刀砍下了龙虎大王的首级。这个作恶多端、双手沾满鲜血的杀人魔王，终于得到了他应得的下场。

金兵见死了头领，四散奔逃。牛皋、王贵、吉青、吴伦、施全等一班兄弟，率领岳家军左奔右驰，横冲直撞，如入无人之境，只杀得金兵丢盔弃甲，光着身子在营中东躲西藏，乱窜乱叫，一个时辰，就把金兵杀得干干净净。

天亮了，雨停了，太阳出来了，岳飞下令烧毁敌人的营寨，敲着得胜鼓，回到了岳家军的大营。

精忠报国

经历了幼年的坎坷、少年时代的历练，岳飞迅速成长为天下闻名的将领，将士和老百姓爱戴他，金人则惧怕他，因此流传着“撼山易，撼岳家军难”的说法。他与名将韩世忠、吴玠等奋起抗金，取得了一个又一个胜利。南宋皇帝赵构手书“精忠岳飞”，并御制一面大旗叫“精忠旗”赐给岳家军（这也是岳母刺字“尽忠报国”，而后世代颂扬岳飞的精神为“精忠报国”的由来）。

绍兴十年（1140 年），岳飞第四次北伐，岳家军高举“精忠旗”，高唱“满江红”，奋勇杀敌，打得金国军队不断溃败。金军统帅金兀术亲领大军与岳飞决战，并让他的女婿金蝉子率领最精锐的“铁浮屠”“拐子马”与岳家军对阵。面对强敌，岳飞派遣岳云的背嵬军用“钩镰枪”“滚地刀”对付金国铁骑。岳云一锤砸死了金蝉子，背嵬军扫平了“拐子马”，吓得金兀术转身就跑，岳飞率领岳家军一口气追到朱仙镇。

正当岳家军要一鼓作气收复东京汴梁的时候，朝廷却一日连发十二道金牌，强令岳飞退军。绍兴十一年（1141 年），秦桧急于和金国签订和约，他害怕岳飞反对阻挠，遂诬告岳飞“谋反”，把岳飞和他的儿子岳云、大将张宪关进了监狱。

秦桧先命令何铸审讯岳飞，岳飞撕开衣服把背给何铸看，上面有少年时岳母所刺“尽忠报国”四个大字，字迹都长在肉里头了。何铸知道岳飞冤枉，就挂冠而去。秦桧又让他的死党万俟卨审理。此时，秦桧正加紧策划第二次和议，金人和秦桧都把岳飞看作眼中钉。金兀术甚至凶相毕露地写信给秦桧：“必杀岳飞而后可和。”秦桧一伙急于同金人议和，必置岳飞于死地。他们虽然找不到岳飞任何反叛朝廷的证据，但仍然以“莫须有”的罪名，杀害了岳飞。岳飞遇害的时候，年仅 39 岁。

岳飞虽然含冤而死，但是他“精忠报国”的浩然正气却激励和鼓舞着一代又一代的中华儿女奋勇斗争，为谋求国家统一富强、人民自由幸福而不断前进。

武警部队原司令员、中国长城书画家协会原会长吴双战上将题字

中共河南省委原书记兼河南省省长马忠臣题字

中华全国总工会原副主席、中国职工书法家协会名誉主席徐锡澄题字

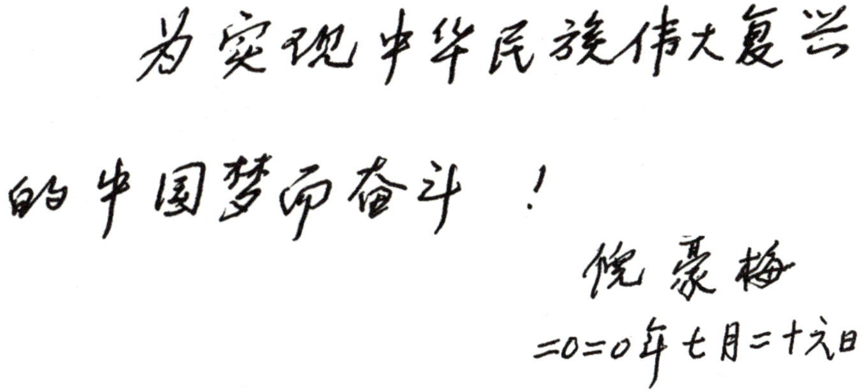

第十届全国政协提案委员会副主任、中华全国总工会原副主席倪豪梅题字

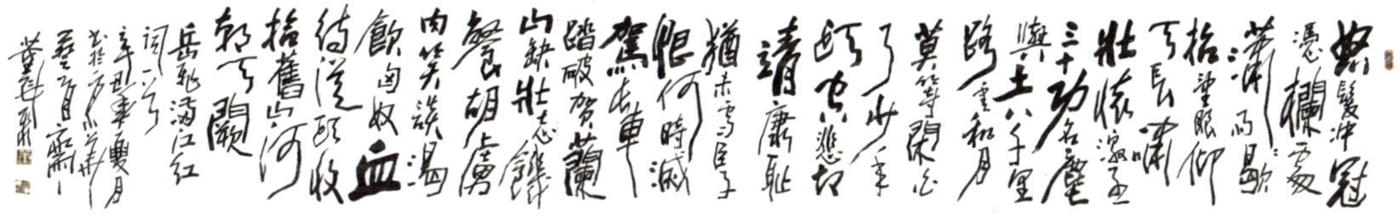

中国美术家协会会员、中国书法家协会会员、董其昌第十五世宗孙董魁聚题写岳飞《满江红》

中国书法家协会会员、红色文化传承人李具州先生题字

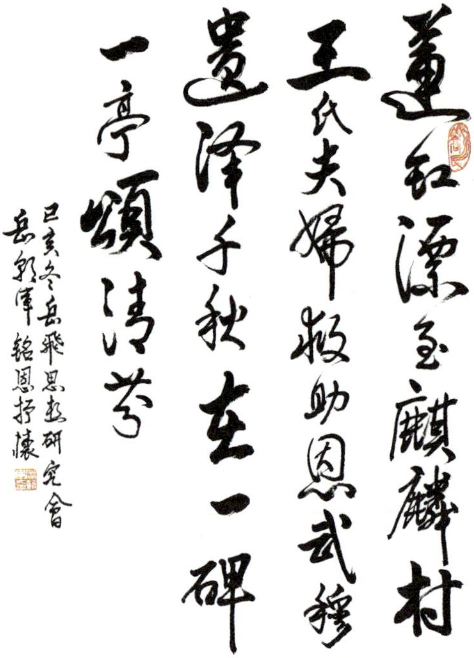

岳飞第二十八世孙、全国岳飞思想研究会联盟理事长岳朝军题字

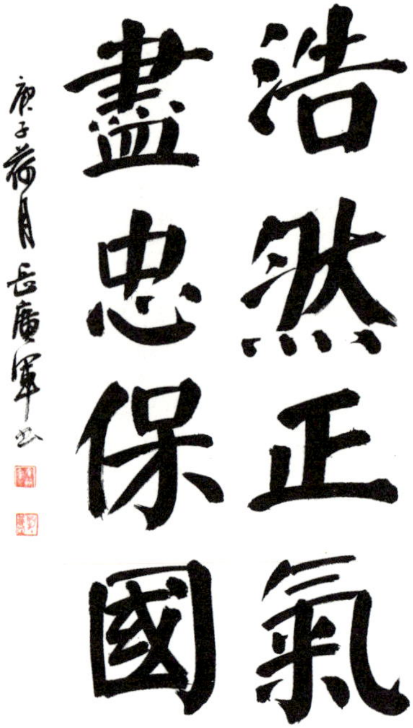

岳飞第三十二世孙、中国书法家协会会员岳广军题字

全国岳飞思想研究会高级顾问、舒同书法研究会副会长岳佐泉题字

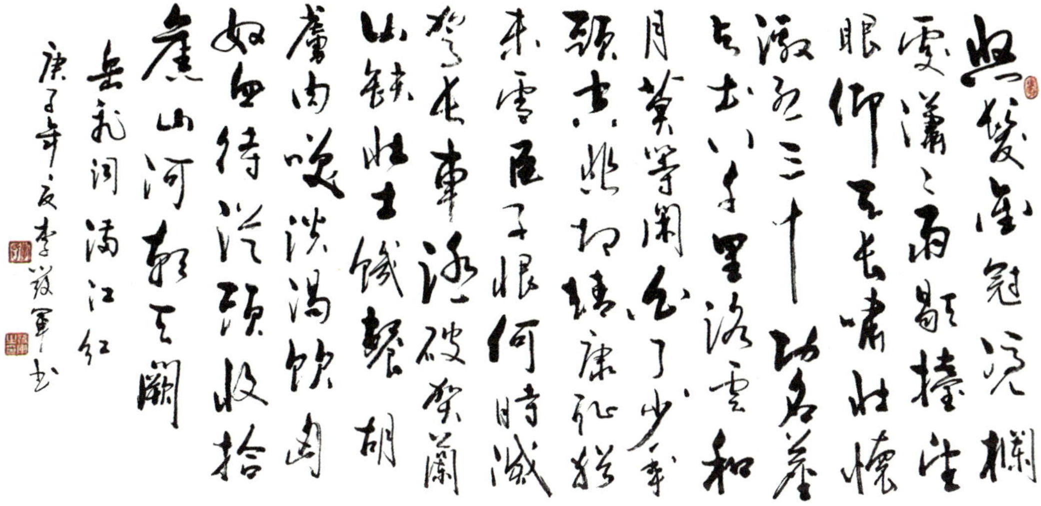

河南省安阳市人大常委会原主任、市关工委主任李发军题写岳飞《满江红》

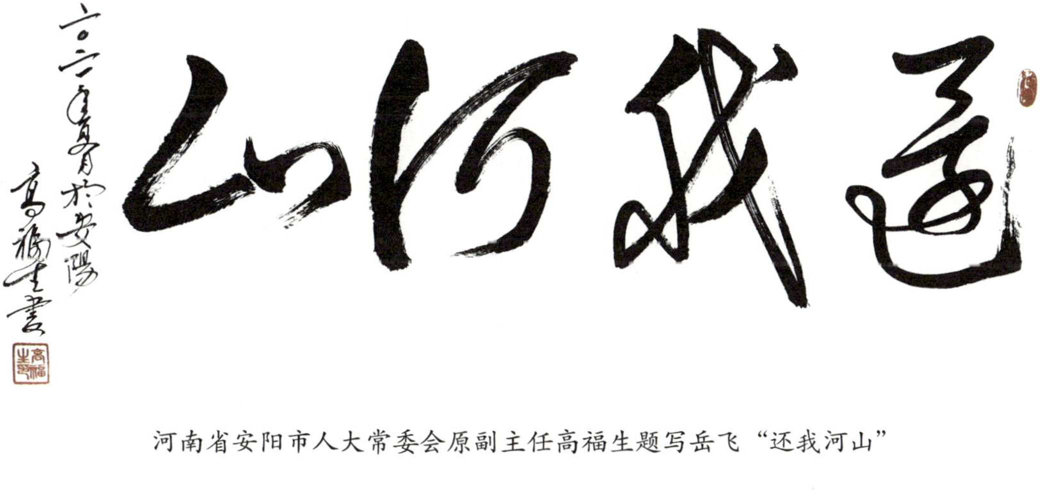

河南省安阳市人大常委会原副主任高福生题写岳飞“还我河山”

后记

本书主编邵敬春同志曾任内黄县总工会主席、全总执委，既是优秀工会干部、全国劳模，也是中国工人出版社的老朋友、全国首家“职工书屋”创办者，几年前从工会岗位退休后，勤勉有为、无私奉献的状态不减，应邀继续担任内黄县关心下一代工作委员会执行主任，并获评全国关心下一代工作先进个人，抱着对弘扬传统文化和关心教育下一代强烈的责任感和使命感，组织关工委一班人和当地文化教育界人士多次到岳飞少年成长地——内黄县麒麟村考察调研，在全国关心下一代工作委员会主任顾秀莲及省、市关工委的关心下，在县委县政府、县老干局和关工委的支持和石盘屯乡党委的配合下，建设青少年爱国主义教育基地，并镌立“岳飞少年成长纪念地”方碑，同时组织编写出版这部《少年岳飞故事》。

在组织整理当地提供的部分珍贵素材的同时，县党校原常务副校长张怀恩广泛查考《宋史·岳飞传》《金佗粹编》《说岳全传》《岳飞传》（作者：邓广铭）、《精忠岳飞》（作者：王曾瑜）等历史文献，历时三年多精心编写了本书五十余篇小故事。故事的收集整理过程中，得到了内黄县教体局局长张军、时任县文联主席焦国建、县医保局局长晁宏伟，以及内黄县委宣传部、县文联、县志办、县党史办等各方面领导同仁的无私帮助。资深美工师陈京旭先生以精益求精的工匠精神，废寝忘食地为每一篇故事绘制了精美的插图，为本书增添了生动的色彩。李明祥先生在京住院期间亦对书稿的审订提供了热心的支持和帮助。

青少年爱国主义教育基地的建设和本书的组织出版，也得到了各界领导同仁的热忱关心与大力支持。原中共中央委员，全国妇联原党组书记、副主席、书记处第一书记黄晴宜给予亲切关怀勉励；武警部队原司令员、中国长城书画家协会原会长吴双战上将，中共河南省委原书记兼河南省省长马忠臣，第十届全国政协提案委员会副主任、中华全国总工会原副主席、中国延安精神研究会常务副会长、上海市德育百老讲师团名誉团长、全国关心下一代工作先进个人倪豪梅，中华全国总工会原副主席、中国职工书法家协会名誉主席徐锡澄等老首长、老领导给予了热忱关心并题字；阎锐敏、包景洲等著名书法家为爱国主义教育基地撰写相关卷文；河南省关心下一代委员会副主任葛纪谦为爱国主义教育基地方碑题写碑名并为本书作序，安阳市人大常委会原主任、市关心下一代委员会执行主任李发军，安阳市政协原常务副主席、市关心下一代委员会常务副主任、中共内黄县委原书记董宝等给予亲切关心指导；中共河南省第九届省委委员、河南省公务员局原局长、中共内黄县委原副书记刘京州，中共内黄县委原副书记、安阳市人民法院原副院长李银栓，北京武警原警种学院军事理论教研室教授、副主任张跃林，中国农影新时代文明传播中心常务副主任董振礼等领导同仁，岳朝军、岳成、岳佐泉、岳广军等岳飞后裔，内黄康健医药连锁有限公司董事长杨红、岳母文化·岳飞精神志愿团队队长杨光等各界人士为本书的组织出版提供了宝贵的指导与支持。

中国工人出版社作为中华全国总工会直属的国家级出版社，历史上即以出版了《把一切献给党》《我的一家》等讲述国家英模人物故事的红色经典而闻名，当前又继续以习近平新时代中国特色社会主义思想为引领，致力于弘扬主旋律、传承中华民族优秀传统、讲好中国故事，因此，出版《少年岳飞故事》，为广大职工群众及他们的子女乃至各方面读者提供喜闻乐见的爱国主义读本，也是出版社的使命体现与义不容辞的责任。本书的集中编辑、出版工作，是在举国抗击新冠疫情期间进行的，也希望这部在特殊时期组织出版的富有特殊意义的作品，能够为中华民族从伟大斗争中进一步走向伟大复兴增添一份特别的精神文化力量。

出版者

2020 年 7 月